U0806724

本和我

Ben and Me

［美］罗伯特·罗素◎著　海外双语妈咪◎译

中国妇女出版社

图书在版编目（CIP）数据

本和我 /（美）罗伯特·罗素（Robert Lawson）著；
海外双语妈咪译. -- 北京：中国妇女出版社，2016.7
（2024.3重印）

ISBN 978-7-5127-1302-4

Ⅰ.①本… Ⅱ.①罗… ②海… Ⅲ.①儿童文学—图画故事—美国—现代 Ⅳ.①I712.85

中国版本图书馆CIP数据核字（2016）第116958号

本书所涉部分作品版权由中国文字著作权协会代理，电话：010-65978906，传真：010-65978926，E-mail: wenzhuxie@126.com。

本和我

作　　者：〔美〕罗伯特·罗素　著　海外双语妈咪　译
责任编辑：万立正
插图上色：金葆工作室
封面设计：尚世视觉
责任印制：李志国
出版发行：中国妇女出版社
地　　址：北京市东城区史家胡同甲24号　　邮政编码：100010
电　　话：（010）65133160（发行部）　　65133161（邮购）
网　　址：www.womenbooks.cn
经　　销：各地新华书店
印　　刷：天津旭丰源印刷有限公司
开　　本：185×260　1/16
印　　张：7.5
字　　数：60千字
版　　次：2016年7月第1版
印　　次：2024年3月第2次
书　　号：ISBN 978-7-5127-1302-4
定　　价：69.80元

版权所有·侵权必究　（如有印装错误，请与发行部联系）

序

葛翠琳
著名儿童文学作家
冰心奖评委会副主席兼秘书长

你知道罗伯特·罗素吗？他可是现代儿童文学史上著名的作家，曾荣获“纽伯瑞儿童文学奖”“凯迪克奖”两项国际大奖。

这里简略介绍他的作品：

罗伯特·罗素作品集是浪漫主义色彩浓厚而又充满人文情怀的优秀读物。罗伯特总是从独特的视角，将人与动物之间的故事，阐述得妙趣横生、十分精彩，令读者久久难以忘怀。

例如，哥伦布发现新大陆已是世人皆知的故事，但罗伯特在《我发现哥伦布了》一书中，却把著名航海家哥伦布描写成“晕船上将”，趣事连连，并借鹦鹉的口尽情嘲笑讥讽殖民者。在《利维尔和我》中，笑称英国皇家士兵是“红虾兵”。在《基德船长的猫》中，老猫麦克见证了威廉·基德沦为英国皇室与议会政治斗争牺牲品的全过程，全书充满了怜惜之情。

罗伯特善于在作品中颂扬劳动人民的优秀品质，如勤劳、善良、勇敢、纯朴等，每一个细节都给人留下了深刻的印象。在《兔子坡》中，新人家辛勤地劳作，克服种种困难，在丰足的收获过程中让自己和小动物们都感受到快乐和温馨。在《艰难的冬季》一书里，小兔乔奇不仅照料生病的父亲，还尽力帮助好友渡过了难关。

《尾巴的故事》则告诉孩子们不要自卑，世上万物皆有各自的特点和长处，适合自己的就是最好的，不必盲目地追求像别人一样。在《本和我》中，又特别强调了脚踏实地、坚持自我的重要性。这些富有哲理的启示，让读者深受感动。

罗伯特运用幽默、生动的语言塑造性格鲜明的人物，寓意深刻，构思奇特，作品不仅歌颂了人类的美好品德，也讽刺了贪婪自私的丑恶行径。

罗伯特的作品必将吸引、感动广大的中国读者，并成为孩子们成长路上的伙伴。

还有，这套精美的书会让大家在阅读过程中，不仅能享受文字的精彩，还会欣赏到美妙生动的画面和形象，使你仿佛身临其境，一起经历书中的一切。而这些感人传神的插图，也是作者本人完成的，令人忍不住惊叹！

从某种意义上说，认真阅读罗伯特·罗素作品的人，真是幸运儿呢！

关于作者

1892年10月4日，罗伯特·罗素在纽约出生，于新泽西的蒙特克莱尔度过童年。罗素从高中起，便对艺术产生了浓厚的兴趣，并决定高中毕业后去纽约美术与应用艺术学院，即现在的帕森斯设计学院学习插画。

毕业后，罗素作为商业艺术家工作了很多年。1914年，罗素的插画作品发表在《哈珀周刊》上。这是他的作品第一次公开发表，为他以后多产和卓越的艺术生涯奠定了基础。1931年，美国蚀刻师协会将泰勒·阿姆斯奖颁给了他，以表彰他在蚀刻方面作出的卓越贡献。

第一次世界大战服役结束后，罗素开始为儿童图书绘制插图，其中包括罗曼·里夫的古典文学作品《费迪南德的故事》，理查德和佛洛伦斯·艾特瓦特的《波普先生的企鹅》。后来，罗素不再满足于为他人的图书绘制插图，开始了自己的文学创作。罗素想象力丰富，提出通过一只动物小伙伴的视角，讲述本杰明·富兰克林发明编年史的创意。1939年，他用这个创意写出了人生第一部作品《本和我》，并绘制了插图。

1941年，罗素被授予了儿童绘本图书的最高奖项——凯迪克奖，获奖作品是《他们坚强而善良》。该书用简单的话语和生动的插图，向读者描绘了一个美国家庭在历史的变迁中所经历的故事。同年，他还出版了以鹦鹉为主人公，讲述航海家哥伦布发现新大陆过程的《我发现哥伦布了》一书，同样获得了好评。

1945年，罗素获得了纽伯瑞儿童文学奖，获奖作品是《兔子坡》。这个奖项主要表彰对儿童文学作出卓越贡献的人。《兔子坡》的灵感来自罗素家乡一个名叫“兔子坡”的地方，描绘了一个人与动物和谐相处的美好故事。获奖之后，罗素还将自己位于康涅狄格州的家命名为“兔子坡”。

罗素是第一个也是至今唯一一个既被授予“凯迪克奖”又获得过“纽伯瑞儿童文学奖”的人。因为在他的作品中，他既是作家又是插画家，他所有图书都带有自己绘制的插图。

在这之后，罗素又陆续创作出《尾巴的故事》《麦克维尼先生的旅行》《利维尔和我》《艰难的冬季》《基德船长的猫》。1957年，罗伯特·罗素在美国康涅狄格州韦斯特波特的家中辞世，享年66岁。他留下来的文学瑰宝不断地激励着教育工作者、作家和艺术家，并使不同年龄段的孩子为之着迷。《纽约时报》曾对罗素评价道：“罗伯特·罗素给所有年龄段的孩子，创造了一个充满新鲜、活力和奇思妙想的世界。”

关于纽伯瑞儿童文学奖

为纪念儿童文学创始人约翰·纽伯瑞，1921年，美国出版人弗雷德里克·梅尔彻向美国图书馆协会提出设立一个奖励儿童图书和作者的奖项——纽伯瑞儿童文学奖。美国图书馆协会批准了梅尔彻的提议，并于1922年，由美国图书馆协会分支机构——儿童服务分会颁发了第一届纽伯瑞儿童文学奖。第一届获奖者是荷兰裔美国作家亨德里克·威廉·房龙，获奖作品是《人类的故事》。

纽伯瑞儿童文学奖是世界上第一个专为儿童图书设立的奖项，旨在鼓励儿童图书作者的创作，向读者宣传儿童文学的地位，以及为更多的儿童文学作家提供创作机会。该奖涉及的作品内容十分广泛，无论是小说、诗歌，还是其他文学体裁，都可以参与竞争纽伯瑞儿童文学奖。但它也有一些条件限制，例如作品必须是英文原创，作者必须是美国公民或居民，图书内容必须能够被14岁以下儿童理解等。

纵观历年来获得纽伯瑞儿童文学奖的作品，这些图书都具有十分高的文学造诣和教育内涵，更广被儿童接纳和喜爱。1945年，纽伯瑞儿童文学奖颁给了罗伯特·罗素的《兔子坡》，以赞扬罗素在书中宣扬的友爱精神，肯定了他所倡导的人类应与动物和谐相处这一观点。自此，《兔子坡》成为一本经久不衰的畅销童书，影响了一代又一代儿童的成长。

关于凯迪克奖

1937年，提出创立纽伯瑞儿童文学奖的美国出版人弗雷德里克·梅尔彻，又向美国图书馆协会提出设立一个表彰儿童绘本图书作家的奖项。因为儿童图书有其特殊性，除了生动有趣的文字外，有很多图书还采用了大量的图画，甚至以图画为主来表述一个故事，所以应该给这些优秀的儿童绘本作者设立一个专门的奖项。美国图书馆协会同意了这个提议，并为纪念19世纪英国伟大的绘本插画家伦道夫·凯迪克，将这个奖项命名为“凯迪克”。

凯迪克奖是美国最具权威性的绘本奖，它看重作品的艺术价值和独特创意。每年，美国图书馆协会邀请教育学者、专业人士和图书馆员，组成评审委员会，从上一年度出版的数万本儿童图画书中，评出获得凯迪克奖的作品。凯迪克奖同样要求作者必须是美国公民或居民，其作品必须是原创等。当作品是由几位艺术家共同创作时，几个人共同获奖，并且艺术家不必参与故事内容的创作。

凯迪克奖肯定了儿童绘本的艺术价值，是家长与图书馆为儿童选书的最佳指南。历年的获奖作品都有着独特创意和艺术层次，能够给儿童带来不一样的艺术感受，激发了儿童的想象力。1941年，凯迪克奖颁给了罗伯特·罗素的《他们坚强而善良》。该书用家族相册的形式，向孩子们讲述了一个美国家庭在历史的变迁下所经历的故事。书中的图画层次鲜明，细节处理非常到位，人物形象生动有趣、贴近现实生活，为儿童理解故事内容提供了很大的帮助。

目 录
Contents

本书由来

就在前不久，我的一位建筑师朋友从费城给我寄来了这本书的手稿。这一切，都源于费城的工人们在改造那里的一所老房子时，他们发现了一间暗藏在卧室壁炉下方的小小的密室。这间密室，虽说微乎其微，看上去面积大约也只有十八平方英寸大小的模样，但里面可是琳琅满目，放置了各式各样的缩微家具，它们全都是来自于殖民地时期的。在这些迷你家具中，有一张微型秘书台，上面放着一本迷你手写书稿，书页的大小和邮票比起来差不多，但上面却出人意料，密密麻麻地布满了手写的娟秀小字。

我的朋友可是用了倍数超高的放大镜，才辨认出迷你书稿里面到底写了什么内容。跟随本书，你将和我们一起步入迷你书稿中的神奇世界。

这样一本非同寻常的微型书稿，实在罕见得令人难以想象。为辨明真伪，我朋友还将它送到多个官方权威部门进行了鉴定。

布朗索林研究所的科学家们对文稿的纸张和墨水做了仔细分析，他们胸有成竹地告诉我的朋友：微型文稿的纸张和墨水都是美国早期制造的产品。更确切地说，文稿上那些密密匝匝的小字，就是用那个时期的一根羽毛笔书写而成的。

更令人称奇的是，国家自然历史博物馆也给出了官方分析报告，声称：难以置信，却又证据确凿，微型书稿上的笔迹，竟然出自一只老鼠之手。

所以，在收到这份奇特的微型手稿之后，我便没有去试着给大家做任何备注说明，只修改了其中拼写及语法上的少量错误，同时，增加了部分插图。我想，就让埃莫斯用他自己的话，原汁原味地给大家娓娓道来自己的故事。

我知道，对于富兰克林的职业生涯，埃莫斯的诸多描写和后来的历史学家们的描述大相径庭，原因我不得而知。但因为他和伟人形影相随、情同手足，我相信这只老鼠写的东西，应该会比后来学者们写的内容，更加值得信赖。

罗伯特·罗素

1939年5月写于兔子坡

1

我，大名鼎鼎埃莫斯也

近来，本·富兰克林的离世，令人悲痛不已。他在生前，既是我的朋友，又是我的主人。他才刚刚离世，就有许多所谓的历史学家摩拳擦掌，争先恐后地撰写他的生平传记和卓越成就。这样的作品虽名目繁多，却在很多方面漏洞百出，不得要领。解铃还须系铃人，此刻，作为他风雨同舟、亲密无间的战友，我觉得是时候奋笔疾书，将历史真相大白于天下了。

本见多识广，凡事运筹帷幄，决胜千里，好似对周围的一切总能了如指掌。他所有这些英雄本色，无不让那些消息闭塞的蹩脚文人墨客目瞪口呆。

不过，如果他们来问我到底是怎么回事的话，我会告诉他们：这一切都是因为我这个不可多得的将才。

这么多年来，我可一直都是本最情同手足的朋友、最推心置腹的顾问。如果一定要我说什么的话，我想告诉大家：我们荣辱与共，他名垂青史的丰功伟绩，很大程度上得益于我的不世之功。

“人不可貌相，海水不可斗量”，别以为我这个鼠辈贪慕虚名、在为自己歌功颂德。其实，我的要求再简单不过了：人过留名，雁过留声，我也只是想要个公道，功劳该谁的就是谁的。说实话，他的那些成就，都该归功于我——至少大多功劳，因我而生。

毋庸置疑，本这家伙凤毛麟角，他满怀爱国热情，具备一切伟人的优秀品质。但不可否认，要不是我伴其左右、为其出谋划策，他有时简直笨头笨脑的，让人觉着不可思议——唔，下面的故事，真相即将大白于天下。我还是废话少说，由你们自己来做判断吧！

我们家一共有二十六个孩子，我是老大。我的鼠老爸、鼠老妈呀，是按照二十六个英文字母的顺序来给我们起名字的。我呢，因为在家中排行第一，就被起名为埃莫斯（Amos），其他的弟弟妹妹们，就依次被称为芭丝谢芭（Bathsheba）、克劳迪（Claude）、丹尼尔（Dariel）……这样名字按顺序往后，一直排到还是小宝宝的那几个：希诺芬（Xenophon）、约瑟贝尔（Ysobel）和珍纳斯（Zenas）。

我们的家，位于费城第二大街老基督教堂的一个小礼拜室里——说得更明白点儿，我们就住在小礼拜室的隔板后面。想想啊，有那么多张嘴巴嗷嗷待哺，我们家自然不可能富裕到哪里去。实际上啊，我们已经穷困潦倒——和那些穷得叮当响的教堂鼠辈没啥两样儿。

日复一日、年复一年，日子就这么紧巴巴地过着。可是到了一七四五年，那个天寒地冻的漫长冬日，让我至今难忘。我可怜的鼠老爸每晚都出门为家人觅食，每次回来的时候，都疲惫不堪，浑身还湿漉漉的，而随身携带的装食物用的口袋里，却依旧令人遗憾地空空如也。

迫不得已，我们只好去吃礼拜室里的祈祷书，啃完了祈祷书，我们又去啃牧师的布道书。对我来说，为了谋生，这已是最后一根救命稻草。告诉你，那些祈祷书，食之无味，难以下咽；而布道书呢，就更甭提了，要多难吃就有多难吃。

作为长子，家里已寒酸落魄到如此不堪的地步，我应该到外面的世界去闯荡一番，自谋生计才对。说不定哪天，我还能接济一下家人呢。至少，当我出去闯荡世界的时候，还能为家

里省下一张嘴巴的口粮来。

于是，在一个冰天雪地、北风呼啸的冬夜，我和鼠老爸、鼠老妈，还有从老二芭丝谢芭一直到老小珍纳斯，我所有的鼠弟弟和鼠妹妹一一道别之后，便独自出发了。

当时，我可能连做梦都没有想到过，当我再次回到我那小礼拜室的家前，竟会遇到那么多非同小可的人物，亲身经历那么多稀奇古怪的事。要知道，那时的我，一心一意只想着如何给自己取暖，想着如何填饱自己饥肠辘辘的肚皮——甚至还想着那些难以下咽的布道书。

那个夜晚，我已经不记得自己到底走了有多远的路，因为又冷又饿，我已经有些神情恍惚了。我记得最清晰的第一件事，就是去了一间厨房，闻到了阵阵奶酪的扑鼻香味。一会儿我就轻而易举地找着了它。虽说那只是一小块又干又硬的奶酪皮，可我依旧狼吞虎咽起来，瞬间将它吃得一干二净。

这么多天来，这可是我吃上的第一顿真正意义的饭。“酒足饭饱”后，我来了精神头儿，开始环顾四周，仔细打量起这所房子来。房间倒是干干净净的，但家徒四壁，几乎没什么东西在里面。家具少得可怜，也就那么几件，还都硬邦邦和闪

亮亮的，啃不动也扒不上。要是有个柔柔软软的东西，甚至只是个布满灰尘的角落，这样像我这个大小伙儿就可以蜷缩在那里暖暖和和地睡上一觉了，可就这样的要求，居然也都成了奢侈。房间里冷冰冰的，几乎就跟在户外一样冷。

我又上楼瞧了瞧，发现楼上有两间屋子。一间屋子昏暗无光，里面鼾声不绝于耳；另外一间亮着灯光，里面却是喷嚏声不断。我转向传来打喷嚏声的那个房间，朝里边走去。

屋里头，有位身材不高，看上去敦厚结实的圆脸汉子，正坐在靠壁炉的一张大椅子上，聚精会神地在烛光下写着什么。

每过上一会儿，他就忍不住打喷嚏，然后鼻梁上架着的方框眼镜就会随着喷嚏震飞。每当此时，他就不得不停下笔，弯下身子去捡自己的眼镜。等他找到自己的眼镜捡起来，直起身子又戴上，再定下神来重新开始写作，这样上上下下、来来回回的折腾，烛光也随着他来回带动的气流飘忽不定起来。等烛光稳定些不再闪烁时，他又禁不住开始打喷嚏，如此反反复复。这样看来，他其实根本无法写出多少东西来。

毫无疑问，我连眼皮都没眨一下就认出了他。他就是伟大的本杰明·富兰克林博士啊！他在费城家喻户晓，是伟大的科学家、发明家、出版家、编辑、作家、军人、政治家和哲学家！

不过，那天夜里，他看上去再平常不过了，无论我如何擦亮双眼，都很难将他和“伟大”或“著名”之类的字眼儿联系起来。他看起来好像很冷，而且还有些傻头傻脑的。

他把自己的整个身体都裹进了一件睡袍里面，睡袍的毛皮领子也是脏兮兮的；而在他头顶上，戴着的是一顶看上去古里古怪的皮帽子。

他头上那顶帽子，倒是着实引起了我的兴趣，因为严寒彻骨，我依旧冷得哆哆嗦嗦——这间屋子和其他房间一样冷得像冰窖。而这顶帽子，虽然看上去实在不怎么体面，可是在帽子的一侧，我发现有个破洞——破洞的尺寸这么巧，刚刚好和我身体的大小差不多相符。

他又在打喷嚏了，趁着这一刻，我沿着椅背一溜烟就爬到了他的头上，然后再从破洞钻进他的帽子里。这里简直舒服极了！有宽敞的空间可以舒展，有足够的空气可以呼吸，关键还有这么柔软的皮毛，真是一个温暖的地方啊！

我禁不住喃喃自语："这就是我的家了！我再也用不着跑到冰冷的大街上、地窖中和礼拜室里了，那些都通通见鬼去吧。我就在这里安家落户，待着不走啦！"

那一刻，我当然怎么也没有预料到，随后发生的事能让我美梦成真。当时的我，脑子里能想到的就是吃饱住暖——哦，然后还能打个盹儿！

就这样，我进入了梦乡。

2
富兰克林炉

我这一觉睡得美着哪，一直到了第二天早晨才醒。美梦醒来，却发现我的“家”——那顶皮帽子，已经在床头上挂着了，而我呢，还一无所知地待在帽子里呢。

此刻，富兰克林博士已经再次坐到炉火前面，依然又打喷嚏又捡眼镜的，间隙当口，他还在不停地写些东西。可火炉里的火早已熄灭，只冒出一股青烟来，屋子里还和之前一样冷得让人直打哆嗦。

“我可不是想挑你的刺儿——”我禁不住对他直言不讳，“也许你觉着火炉里有没有火都无所谓，但是实际上，如果你往灰烬里稍添一把柴火——”

“不浪费，不愁缺。”他郑重其事地对我说完后，又继续埋头写起来。

“嗯，你想过没有，假使哪天你不幸得了肺炎，两三个星期都卧病在床——这可有多浪费啊，说不准还——”

“说不准还什么，”他诧异道，随即便添了把柴火，“我能知道你叫什么名字吗？”

“我叫埃莫斯，”我忍不住哑然失笑，“我是说，说不准你还得给医生付账单呢——”

“什么，账单！”他如梦初醒般有些激动起来，连忙添了两把柴火。火炉里的火顿时熊熊燃烧起来，屋子里的温度感觉稍稍好些了，但还是没那么暖和。

“我说富兰克林博士，你屋子里的壁炉也太糟糕了吧。”

“你叫我本就可以了——普普通通的本，和你们一样，”他又忙不迭地追问，“我的壁炉有什么问题吗？”

“啊，是这样的，你发现没有，一方面，大部分热气都沿着烟囱往上升，跑到外面去了。另一方面，你还不能围着它取暖，看到问题在哪儿了吗？记得以前我们住的教堂外面，有个做糖炒栗子的生意人。生意兴旺时，很多人来买栗子，他炒栗子的锅里就会时不时地蹦跳出几颗热栗子来。我的鼠老爸呢，总在那里守株待兔，在热栗子落地前的千钧一发之际，我的鼠老爸以迅雷不及掩耳之势冲上前去，伸出手里准备好的袋子迅速接住，然后再拎着袋子火速飞奔至我们住的小礼拜室，他会将热栗子放在我们屋子中央。于是，我们一家人啊，就能围在热栗子的四周舒舒坦坦地取暖了。”

“要知道，这热栗子可温暖了我们全家二十八只老鼠啊，还暖和了我们整个房间。因为我们用来取暖的热栗子是开放式地放在外面的，哪像那个壁炉是在墙上挖个坑而成的啊！这可完全是两码事。”

“啊，我的埃莫斯！”本激动不已地打断我，“我想出了一个绝妙的好主意！不过，我们还不知道有什么法子将火堆移到房子中央才好啊。”

“我们可以做到，很简单啦，在火堆下面放个东西当托盘不就成了？可以用铁啊，或者别的什么东西。”

“但火炉还是会冒烟啊，很多热气会跑掉，又该怎么办呢？”他煞有介事地反驳道。

“这也很简单啊，你找根管子不就解决啦！”我感觉一阵倦意，于是又蜷缩起身子，准备睡会儿。

其实到底怎么搞，我自己心里也没什么数呢。

与此相反，本看起来倒是激动万分。只见他飞奔下楼，回来时怀中抱了一大堆破铜烂铁、废弃物品，将它们扔到地上之后，再次飞奔下去捡更多的回来。

这动静和声响未免也太大了，吵得估计谁也不可能睡着，就算是只冬眠鼠，现在也一样难以入梦。本就这样楼上楼下、来来去去地跑了好多趟，最后呀，屋子里头满是一大堆七拼八凑而来的破烂玩意儿，有什么铁片、电线啊，一对破旧的平底锅、一只大铁炉、三把铁熨斗、六个锅盖、一只铁丝编的鸟笼、一块铁砧啊，还有什么锯子、锤子、钳子、锉子、打孔钻头、钉子、螺钉、螺栓、砖头、些许沙子和一把生锈的铁剑。

接下来，他草拟了一份计划，并专心致志地投入紧张的“战斗”。于是乎满屋子铁片乱飞起来，叮叮当当的响声不绝于耳。本来我还想打个盹儿的，现在看来实在没门儿，罢了，睡不了觉，干脆就起来尽可能帮助本吧，四下拾掇他散落一地的螺母、螺丝钉和工具——当然，还有他的方框眼镜。

本是这样一个为工作不要命的人，对于自己感兴趣的事，一旦下定决心去做，他就会全神贯注地投入其中，变成一个十足的工作狂。眼看快到中午了，他这才停下手头上的活计休息上那么一会儿。我们仔细看了一下刚才为之奋战的成果，嗨，看上去真心不赖。

它看起来像极了一只小火炉，火炉下面是用金属做的支架，火炉前面开了两扇小铁门，一根导烟的管子安装在小火炉的后面，和壁炉相连通。他又从壁炉里取出了炉架，盖了上去，这样就可以防止热气顺着烟囱跑走了。

本围着这个新玩意儿，一直目不斜视地来回打量，他的神情显得无比自豪和骄傲，但明显又有些提心吊胆的样子。

“喏，这个底盘，”他疑虑重重地说，“让我觉得好麻烦呀，埃莫斯。小火炉的腿这么短，而铁制底盘又这么薄，不够厚实呀，这样炉子产生的热气很可能——”

“哦，我想起来了，以前我们住在码头的时候，经常有船上的老鼠给我们讲故事听，告诉我们那些水手是怎么在甲板上点火做饭的。他们的办法倒是很不错，先在甲板上面平铺一层沙子，再把预备好的砖块摆放在沙子上面，然后——”

“哇，我亲爱的埃莫斯，”他转愁为喜，兴奋地对我大喊道，“你说的办法太好啦！”接下来，他迫不及待地冲出家门，又搬砖头又搬沙子地回来了。然后，他在最下面先铺上一层沙子，再在沙子上面平放上几块砖头，随后支好炉架腿，再把炉子稳稳妥妥地给放上去。

哇，现在看起来真是相当不错。

“哈哈，成功啦！”他高兴得手舞足蹈起来，又一连往后退了好几步来细细欣赏，结果一不小心还被锯子绊了一跤。“嗯，埃莫斯，快帮忙把这里收拾一下吧，我马上就得出去弄点儿干柴回来。”

“先别走呀，你急什么急嘛，”我赶紧发话，“我想顺便问你一声，你回来的时候，会不会路过食品店啊？”

“咦，你干吗问起这个来呢？”他似乎非常迷惑不解。

“哎呀，本，我告诉你吧，”我无奈地说，“有时候，我相信你这个人真的聪明绝顶，但有的时候啊，简直愚不可及。你对发明情有独钟，可能你觉得这就是你的全部乐趣而别无他求了，可我想要什么你懂吗？哦，奶酪——”

我的话还没说完，他就一阵风似的跑下楼去了。不过当他回来的时候，他不仅带回了一大堆木头，而且还带回了一大块香喷喷的上好奶酪、一个黑麦粗粮面包和一大杯味道醇美的麦芽酒。

我们默契配合，一同往炉子里添加了一些引火柴和木头，随后一起点燃了小火炉。炉火通明，本倍感自豪又无比兴奋，以致都无法静下心来吃饭。他的废寝忘食，我可看不下去了，忍不住批评了他几句。不过江山易改，本性难移，你瞧，没过上几分钟，他就又站起来了，换个方向和角度，继续目不转睛地欣赏起自己的杰作来。

我们一顿饭都还没有吃完，屋子里就已经温暖如春，几乎和烈日炎炎的夏日午后没什么两样了。

“啊！埃莫斯！”他欣喜若狂地喊起来，“我们胜利啦！”

“太谢谢啦，好开心你说的是‘我们’，我会永远记着你说的这句话的。”

3
君子协定

当我一觉醒来的时候，屋子里早已暖意融融。本同往常一样，正快快乐乐、挥洒自如地写着什么。因为好奇，我特意跑到他跟前看他在写什么，原来啊，他正在用漂亮的花体字写道：

新型宾夕法尼亚壁炉产品说明书，本产品由本杰明·富兰克林博士最新发明，产品构造和其……

“我说本，我觉得我们还是来立个协定为好。还记得当初炉子大功告成时你说的话吧？”

“那还用说，我肯定记得啦。”他毫不迟疑地承认道。虽说本有时候是有些自鸣得意，但他向来都是正大光明的。“我怎么会忘记呢，我记得我说过‘埃莫斯，我们胜利啦’！”

“哈，千真万确，”为此我赞不绝口却又滔滔不绝，“是‘我们’胜利啦！‘我们’意味着你和我。不过，本，现在咱们就闲话少说，直奔主题吧！其实名和利，对我而言，都是徒有虚名——奶酪，才是我真正想要的。要知道我还要考虑照顾自己的家人，我有二十五个可怜的弟弟妹妹还在冰冷的小礼拜室里忍饥挨饿。我可以力所能及地助你一臂之力，事实上我已经向你证实了我对你举足轻重的帮助。现在你打算如何？”

此刻，本陷入冥思苦想中，我能感觉到他又要班门弄斧、引古喻今了。不出所料，最后，他摇头晃脑、若有所思地说：“劳有所得，按劳分配。”

“不过我谈不上是在劳动吧，”我深表不满地反驳，“我是在用脑子思考。那些格言就是说得再豪情万丈的，可它们能填饱肚皮，让我们不再饥饿难耐吗？实话实说，本，对于我，还不如来点儿更为切合实际的东西。”

接着呢，我们一起从长计议，磋商了好一会儿。本是知书明理之人，也特别慷慨大度。我想这次房间里这么暖洋洋、舒舒服服的，也为我们的谈判起到了积极的推动作用。

最终，我们达成以下约定：

每周两趟，不论是艳阳高照还是风雨交加的天气，本承诺都将前往小礼拜室送去以下食物：

1.两盎司优质奶酪；

2.一英寸厚的新鲜黑面包片；

3.六克的带壳小麦。

有关我应得的权益：我和我的后裔能够在此地永久地安居乐业，日常温饱和饮食起居也都能得到保障，此外还得提供一顶皮帽子。

有关我应尽的义务：我将忠心耿耿地为本杰明·富兰克林效劳，随时随地、义无反顾地伴其左右，用我的足智多谋为他出谋划策，做他的得力干将，给予他力所能及的支援和帮助，直到生命终止的那天。我发誓，我一定会做到……

本将以上我们约定的内容，全都工工整整地写入了我们的协定中，里边还用了很多漂亮的花体字和拉丁语名言警句，之后他还盖上了自己的印章。随即，我们一起在协定上签字，并握手言欢。

不论什么事，他总能做得如此尽善尽美，而且再没有说上任何一句格言。我一定得告诉大家，本的确是个名不虚传、言而有信的君子。自打我们之间签署了君子协定后，他一次都没有违约过，一个星期两次，他总能如期而至，将面包、奶酪和小麦按时送到礼拜室，准时如同钟表。

签署完协定后，我们一起小坐了一会儿，沐浴在这片刻闲暇的温暖中。我禁不住在想，我的命运竟在这短短二十四小时里，发生了如此翻天覆地的改变。现在，这里就是我温暖舒适的家了，我的家人也从此丰衣足食，我还有本这么一位好朋友，对未来我充满了希望。

我已感到自己与世无争、心满意足了。因此，当本最后问我："埃莫斯，我们应该给小火炉起个什么名字好呢？"我对他说："我亲爱的朋友，功劳都归你啦，我们就命名它为'富兰克林炉'吧！"

随后，我们就上床睡觉去了。

在新家，我很快就安顿适应下来了。本呢，没想到他还是个穿针引线的神工巧匠，他开始对皮帽子进行了一番新颖独特的细微改造。

帽子里，他专门为我巧妙设计了一个小小的隔间。这个特别的小隔间用途多多，它既是我的私人卧室，让我可以在里边睡觉，也是一个食品储藏室，让我可以在其中储备一些吃的，以解燃眉之急。另外，为了让我能够看到我们走到哪里了，他还特地在帽子前面打了一个小孔。这可是非常棒的创意！要知道那个年代，费城的大街小巷都是坑坑洼洼的，还拥挤不堪。而本呢，他总是笨手笨脚，做不到随机应变，因此我需要时刻提醒他，以免他落入泥坑或者一不小心撞到赶集的马车上。

不过，我们对帽子所做的最为巧夺天工的改进，其实是在帽子的衬里那儿设计了一个小小的洞眼，位置刚刚好就在本的左耳上方。这样，我既不会被其他人察觉，还可以随时将我的所见所闻如实相告。

令历史学家们一直大惑不解的是，为什么富兰克林博士如此神乎其神，似乎总能看穿他人心中的所思所想？其实不然，并非是他能看穿别人。事实上都是我明察秋毫后给他通风报信，让人看起来就好像本自己什么都了然于心一样。所以，这其中最劳苦功高和非同凡响的就是我啦！

没过多久，本就对我言听计从，到哪儿都少不了带上我。

以往，他只在天气不好时才戴上自己的那顶皮帽子，而如今，不论天气是雨是晴，不论是在室内还是户外，到哪儿本都会自始至终地戴着帽子。也只有在我们自己房间的时候，他才会脱下自己的帽子来。

当然，对于本这一奇怪的举动，外界也众说纷纭，不过本依旧我行我素、乐在其中。

4

节外生枝的游泳运动

我和本一直和睦相处，生活也一直是顺风顺水的。如果不是因为他痴迷于我深恶痛绝的一项运动，我相信我们还会继续融洽地相处下去。我认为这一运动险象环生、极不卫生，还有些粗俗野蛮。这项运动就是游泳。

盛夏酷暑，本和我常常一起长时间漫步于乡间小路，这让我感到身心舒畅。不过记得有一天，天气出奇的燥热，当我们散步到斯古吉尔河畔僻静一角，本突然脱光了身上所有的衣服，套上了一件看起来很傻的被他称为“男式游泳裤”的条纹服，就猛然跳进水中。

这下我可被吓得屁滚尿流、抱头鼠窜，要不是我撕心裂肺地大声尖叫、拼着老命掐本的耳朵，他就会戴着帽子一头扎到水里，那我可就惨了。

本在水里纵情戏水的样子说不出的滑稽可笑，他一会儿窜到这儿，一会儿又窜到那儿，头还时不时地抬起来换气。在帽子里孤苦伶仃的我，就这么随着帽子和他的一堆衣服被扔在了一边。要是遇到什么野猫、野狗、老鹰或蛇之类的，我肯定会沦为他们的盘中餐。

那晚，当我们走在回家的路上，我将心中对他的种种愤愤不平，一股脑儿向他倾吐出来：“本，你的做法实在太荒诞不经了，你全然不顾我的安危！”

我忍不住又补充道：“还有，现在你的头发湿漉漉的，肯定会让我感冒的！”

可是，本却一意孤行。他骄傲自满于自己的游泳技巧，还口口声声说我肯定会平安无事的。

就这样，我们风平浪静地度过了一段时间。这天下午，当我看着本活像一头精力旺盛、营养过剩的灰海豚，在水里上下扑腾，鼻子喘着粗气的时候，我始终担惊受怕的事终于成了现实。

沿着河岸，一只半大的杂种狗正一路小跑过来。这类小牲畜通常都爱搞恶作剧。

我急得要命，想立即找到本，但是那一刹那，我看到的只是他露在水面的脚掌。幸运的是，河岸四周有很多灌木丛和小乔木，于是我匆匆忙忙爬到一棵小树上，找到上面的一个大树杈，舒舒服服地潜伏在上面，以便观察接下来发生的一切。

忽然间，这只可恶的野狗看见了本，他冲向河岸狂吠起来。见状，本在水中一边拼了命地往河岸奋力划去，一边口中念念有词地大声呵斥着想吓跑野狗。可此刻，没想到岸边那堆衣服倒是引起了狗的注意。他用鼻子凑上前去嗅嗅，选定了帽子，并叼起它一溜烟地跑走了。而这时，本正气喘如牛，脚下打着滑地爬上满是泥泞的河岸。

“埃莫斯！埃莫斯！”本大喊起来，并朝着狗奔跑的方向狂追过去。

明摆着，这是那只狗喜欢的一种寻欢作乐的把戏，整整有一刻钟时间，他都在与本逗乐嬉戏。而可怜的本煞费苦心，一会儿苦苦哀求，一会儿威胁利诱，可却枉费心机，那只狗并不买他的账。若不是我对他还心存恼火，他荒唐可笑的样子早就让我忍俊不禁、笑疼肚子了。

终于，这只杂种狗玩腻了，他叼起帽子，又颠颠地跑向河岸。本在后面穷追不舍——冲过灌木丛、跨越岩石，他早已将自己几乎没穿啥衣服忘记得一干二净。

不一会儿，本和狗就在蜿蜒曲折的河岸边消失了。此刻，两个乡下人出现了。他们注意到那堆衣服，但衣服的主人却不知去向，因而显得有些惴惴不安。当又看到了刻着本的名字的银表时，他们大惊失色。

“伟大的富兰克林博士，”他们禁不住失声惊叫，“落水淹死啦！落水淹死啦！”他们边说着，边拿上本的衣服朝着费城的方向大踏步飞奔而去。

我待在树上，这里温暖如春、阳光普照，四周还安静极了，隐约听到不时传来的几声狗叫。不过这些叫声，最后变成了阵阵震耳欲聋的怒号。接下来便万籁寂静。我感觉有些困了，于是便打起了盹儿。

一阵越来越近的脚步声把我给吵醒了，我想是本的脚步声。但是等我向本张望时，我吓了一大跳，因为我差点儿都认不出本来了。此刻的他，显得滑稽可笑、荒唐透顶，他就是那个闻名遐迩的富兰克林博士吗？他的双腿满是泥泞，伤痕累累；他的游泳裤被划破了，眼镜也不见踪影；他湿湿的头发乱蓬蓬的，拧成了一缕一缕的，脑袋上喝醉酒似的歪戴着那顶破皮帽。

当他踉踉跄跄地走近，手上在持续不断地打着响指，嘴巴在不停地吹着口哨，口中还发出咯咯的唤声。“埃莫斯，埃莫斯，”他急切地呼喊着，“埃莫斯，你在哪里？”——他沿着灌木丛方向的道儿，眯起眼睛一路搜寻过去。他对我如此情真意切，着实让我为之感动。但同时，看着他现在滑稽的模样，我又忍不住“扑哧”笑了起来。

正当我准备上前告诉他我在这儿，让他不用再为我坐立不安时，我发现从费城方向，人们正成群结队地向这里前呼后拥而来。其中有州长、市长，还有很多其他社会名流，当然也包括本的第一志愿者消防队。

本慌里慌张地四处张望，除了躲进水里，他已无处藏身。没法子，于是他将胳膊环抱在胸前，尽可能做出一副尽显尊贵的姿态。与此同时，他将背倚靠在我避难待着的那棵小树上，迎接大队人马的到来。事不宜迟，乘人不备，我先悄悄地溜进了本的帽子里。

当簇拥而来的人们看到本时，他们爆发出激动的欢呼声，每个人都松了口气，原来本还活着啊。不过，也有不少人看到他的狼狈模样，忍不住暗自窃笑。就这样，本被蜂拥而至的人群包围住了，大家都争先恐后和他握手表示庆贺。很多人还借给他各式各样的衣服穿，不一会儿，他就穿戴整齐了。

不过，本看上去还是显得垂头丧气的。

州长走过去，给他递上一顶精工细作的高雅礼帽，上面还装饰着漂亮的蕾丝花边和金色的饰带。

“尊贵的富兰克林博士，请允许我，”州长毕恭毕敬地说道，“十分荣幸地为您戴上这顶帽子。您现在戴着的帽子看上去——哦——头发有点儿蓬乱的样子。”

“绝不，”本暴跳如雷地喊起来，“我只戴这顶帽子，任何人都甭想从我头上把它拿下来。”边说着他还边抬起双手放在戴着的帽子上，牢牢地将帽子拉得更紧了。

趁他手拉在帽子上，我偷偷咬了一口他的手。

“啊，埃莫斯！”他喜形于色地惊呼。

“请原谅，你刚在说什么？”州长问。

“是我，埃莫斯，”我压低声音回应并凶巴巴地对他说，“但是如果你现在不赶紧带着我回家的话，别指望我对你说什么好听的。你头发湿成这样子，帽子里还全是浓烈熏人的狗味儿，我已经透不过气来，快被熏死啦！”

知道是我，本立即喜出望外。当行进的大部队一路相随，送他到家时，他表现得喜不自禁，就好像自己真做了什么天大的值得骄傲的美事儿——而不是把整个费城人都吓个半死。

5
印书风波

本的兴趣爱好非常广泛，其中，他最大的爱好莫过于印书了。要我说啊，他写这么多书，不就是为了将它们印刷出来吗？不过，他的想法可是和我全然不同——他说这可是他时来运转、发家致富的基础，还有那些他张口就有的格言，什么“传播知识是人类最崇高的天职”等，诸如此类的话听得我耳朵都长出茧子了。

“细想下《穷理查历书》吧，”本又开始说教起来，“细细想想它对人类的贡献，无可估量。再想想里面的内容——”

“哦，那样的东西，是告诉大家什么时候太阳从东方升起，什么时候日落西山？那对大家到底有什么好处呢？太阳该升起的时候就升起了，该落下时就落下了。不明白为什么偏要写进书里，有必要让大家从书里读到吗？”

“但是，”本向我解释，“细想下其中包含的格言——细细想想这些智慧改变了多少人的生活和命运？”

“有什么好细想的？”我对此嗤之以鼻，“你觉得我还能有时间想其他事情吗？连早餐、中餐、晚餐你都有格言，它们改变了你的生活吗？什么‘早睡早起身体好，聪明又富有’，我呸！除了你失眠的时候，我也没见你什么时候早睡或者早起过啊？但你不照样健健康康又富有啊。”

“或许，如果我按格言说的去遵照执行的话，我应该会变得更聪明。”他说道，但说话的语气变得有些唯唯诺诺起来。

“很遗憾，对此我深表怀疑，”我反唇相讥，“如果单凭几条格言就能让你变得更加足智多谋，那岂不是天大的奇迹？”

“你写的这句话‘戴手套的猫咪逮不着耗子’，真是人见人烦！我想这个好主意你得让猫们了如指掌吧，还有你自己也得时刻牢记在心，看见猫就给他戴上手套，我的老兄啊！”

“对那句话我感到非常抱歉，真的，”本深表歉意，“这是你来这里之前我就写好的。在下一个版本，我一定会将它删除。”

“这个光荣任务就交给我吧，”我拍着胸脯说，“我定会一条不留地帮你通通删掉。”

“那样做的话，就因小失大啦，”他心急火燎地向我解释，“每年这本书我们能卖出成千上万册，可以赚不少钱；哦，埃莫斯，这些钱，我们可以用来买面包，美美地过上安逸舒坦的生活——特别是，还可以让我们拥有人见人爱的奶酪。”

对吧，听上去似乎还是蛮言之有理的！好吧，就此打住，于是我们停止了争辩。

以前我们常常在本的印刷店里，一耗就耗上大半天工夫。虽然，现在他早就不干这个行当了，不过他还是喜欢泡在印刷店那边，做做文稿审校什么的，还总是“阻碍交通”，挡了我进进出出的道儿。在漫长的午后，本忙个没完，百无聊赖的我呢，睡上一大觉就是再美不过的事了。不过有时候真闲得发慌，那时我就自个儿悠然自得地来回闲逛。通常我总会离印刷机远远的，不过，还是无法避免有那么一次，我稍不留神就将自己的尾巴夹在了印刷机里面，这下可把我给疼坏了。

记得一天下午，正当我游手好闲时，偶然发现了《穷理查历书》的铅字排版，已经一切就绪，正等着印刷呢。对我而言，让我最牵肠挂肚的第一件事，就是本写的那句令人作呕的有关‘戴手套的猫咪逮不着耗子’的格言。啊？准备印刷的新版本中，本居然忘了删掉？

好啊，他不删那就我来删。我挑出排版里相应字母的铅字，然后扔到地板上，这个工作还是相当有意思的，因此我还特地继续多做了几处修改。

排版中的每条格言出现时，都写上了“正如穷理查所说”或者“穷理查说”，现在再没有穷理查在里面了。这都是本自己编造出来的人物，我总觉着这不就是彻头彻尾在欺骗读者吗？于是，我将所有出现这个字眼的人名，全部删除掉，用“埃莫斯”取而代之。我可不是贪慕虚荣，仅仅是想忠实于读者。因为“埃莫斯”是真实存在的。另外，不瞒你说，那也是唯一我会拼写的名字。

那天，我度过了一个愉快的下午。因为还剩有足够多的时间，我又将《潮汐表》中我认为是错误的几个地方进行了纠正，包括几处月亮升起和落下的时间。

因为本一直忙于其他的事，我想就不打扰他老人家了，也就没有向他如实禀报我做过的这些“改良”的事。不过一个星期后，他对我做的这些“壮举”最终还是一清二楚了，而且知道的方式还相当戏剧化。

有一天晚餐后，我正在打盹儿的当口，前门突然传来一阵砰砰砰砰的敲门声，随后港务局长大惊失色地闯了进来。

“你赶快逃吧，富兰克林博士！不然可能就没命了！”他惊恐万分地大喊。

“保持冷静啊，我的老弟，”本发话了，“要知道‘欲速则不达’，这个道理你应该懂吧？告诉我到底遇上了什么麻烦事！”

“麻烦事？”他语无伦次，“出大乱子啦！港口停满了船——全都搁浅在那里了。那么你不知道这个——这个事吗？”他挥了挥手中的《穷理查历书》，又将它递到本的眼皮子底下。“这里面预测十点钟是高水位期，有十八艘船是十点起航的，可它们怎么都搁浅了？为什么？因为事实上十点是低水位期！这就是原因！你知道那些船长现在都在赶往这里——来找你算账吗？难道你不知道你预测的月亮——”

“先不要在意什么月亮的事。”本打断了他的话，一把抢过历书匆匆地浏览起来。他眉头紧锁，我听到他在小声咕哝：“埃莫斯说——埃莫斯说——埃莫斯说——”

此刻，我们听到船长们在外面大声喧哗不已，以及他们纷至沓来的重重的脚步声。还有人开始将一两样蔬菜扔到窗户上。港务局长禁不起惊吓，躲进了小房间里。不过，这时候本却突然哑然失笑起来，他索性将窗户打开，平心静气地走出屋子，步上阳台。

“诸位朋友，”他镇定自若地和船长们打起招呼，“这是

个大大的误会。”

人群里传来阵阵嘲讽声，又有人继续扔起了蔬菜。

“但你们听我说，穷理查没错，我也没错，因为我的朋友们，”他高高举起手中的书，继续高声解释，“这并非我所写的《穷理查历书》。”

“货真价实的《穷理查历书》里，有种类繁多的格言、谚语、俗语、人生智慧和其他信息，更重要的是，它们都是穷理查说的。”

“如果你们仔细翻看这本粗制滥造、假冒伪劣的历书，你们就会发现里面哪儿也找不着穷理查的名字，只能找到一个自称是埃莫斯的名字。毋庸置疑，这是个卑鄙无耻、愚昧无知和漏洞百出的家伙。”

“哦，我的朋友们，不仅仅如此，这绝对还是个手段下流的恶作剧，是满怀嫉妒的竞争对手干的，他们异想天开，想就这样轻易破坏《穷理查历书》真正的好名声？可没那么容易！今后，大家得擦亮双眼，去伪存真，谨防假冒伪劣啊！”

一时间人群里议论纷纷，也有不少人借着火把的光线，逐页翻看历书，还听到一两声嚷嚷：“真是这样，他说得没错。”“老本兄弟可一直是个大好人啊！”

“而且，朋友们，”本又补充道，“真正的《穷理查历书》精益求精，准确性毫无疑问。根据它的记载，三点三十七分将要准时涨潮。因此，我建议大家，现在就赶紧各就各位回到自己的船上。不然，过不了多久，你们的船就会漂浮不定，不知跑到其他什么地方去了。”

本的解释让大家恍然大悟，这下子，船长们都着急起来，赶紧离开了。而本呢，则将港务局长送到门口，此刻他仍惊魂未定，浑身还在发抖呢！

当本返回屋内，他神色凝重。

“埃莫斯！”他说，“喂，埃莫斯，我觉得有一只老鼠在捣鬼，我闻到了耗子的味道。”

就算他觉得事有蹊跷，嗅出了耗子味儿，但在这种时候他休想看到我。因为我早已深藏不露地躲进了一大堆垃圾里，在那里我可是一连待上了两天才敢露面！

6
前所未有的电击实验

打那以后，本再也没有提及过我那次“改良”的印书“壮举”，因此我试着对他的格言也宽宏大量起来，不再冷言冷语。

不过，这一次，那些格言和本热衷的另一件事相比，已算不得什么了。因为本更加狂热地投身其中，让人难以忍受。这件新鲜玩意儿就是他正在研究的“电”。

有位伦敦的朋友给本寄来了一本指南和一些玻璃试管。起先，本是参照了这本指南，开始捣鼓起这些玻璃试管来。他拿一块丝绸或者皮毛，在这些试管上摩擦，产生了诸多既奇怪又让我感觉不舒服的反应。当一个试管被摩擦多次，小纸片就会从桌上弹跳起来粘到试管壁上。如果这时有哪个够蠢的人，用手去碰一碰试管的话，他的手指马上就会被噼里啪啦的电火花给打到。

本持续不断地摩擦着试管，再用试管触碰我的尾巴尖儿，并以此为乐。每当此时，一种可怕的刺痛和战栗感就会传遍我全身，我身上每一根毛和胡须都竖得笔直，浑身的肌肉抽筋似的痉挛收缩，让我不由自主地瞬间弹跳到半空中。

这种做法实在太差劲了，不过我一直忍着没抗议。直到那一天，他热情高涨，居然想起来用自己的皮帽子摩擦试管，我终于忍无可忍地奋起反抗了，要知道我还在帽子里面呢！

“本，”我忍不住爆发了，“你做得实在太过分了！从现在开始，你行行好吧，别再强人所难，别再把我搅和进你的这些实验里去了。对我来说，它们毫无意义，纯属浪费时间。但是如果你喜欢这样的消遣方式，行，我不反对，你继续自个儿去玩吧。但是，请离我远一点儿。”

“你呀，恐怕真是坐井观天，埃莫斯，”本说，“你怎么就没意识到，这些实验将具有划时代的意义。至今你还没有认识到它的强大威力。”

“啊，真的吗？”我回答，“是够意义非凡的，哎哟，我的尾巴还在刺痛着呢！”

“我会将闪电从天空中抓下来，”他继续说道，“再好好利用它，为人类造福。”

“就我个人而言，”我说出了自己的想法，“我想闪电就该待在天上，对它来说是再好不过的地方了。”

不过，无论我说什么，恐怕想让热情高涨的本冷静下来，都无济于事。

就在前不久，本又收到了一架精密仪器，这下能制造出的电流，比玻璃导管不知强多少倍。这架仪器是由一根转动的曲柄发动的，本能一连好几个钟头都兴致勃勃地摆弄着它。至此，我们的房间里挤满了棒子、电线、导管、铜板，还有盛满味道难闻的液体的玻璃罐。如果在房间走动，想不碰到什么东西都很难。可一旦稍不留神碰到这些东西，就会被刺痛得连浑身的毛发都竖起来。

看本多过分啊，他甚至还组织了一群和他同样痴迷的人，

成立了什么所谓的“哲学社团”。他们一个星期聚上一次，每次碰头都带上玻璃导管、小块丝绸和铁丝这些装备。他们整晚要么忙活着这些事，要么就是听本讲有关“电”的神奇。唉，没意思，通常这个时候我都是在打盹儿。

本摆弄着这些新仪器，几周后，新仪器好使了，运转也一切正常。本于是决定举办一次展示会，将自己所取得的成绩公布于众。

为了这次展示会的举办，哲学社团负责搞定了一个大礼堂。本呢，则一连好几天忙着安排和测试他的仪器，计划各种实验，准备演讲稿和邀请社会名流。

坦白地说，我觉得整件事都索然无味。但是如果我表现得冷若冰霜，一定会让本黯然神伤，于是我就尽量表现得对这事还蛮感兴趣的样子来。我阅读了他的演讲稿，以及所有五花八门的实验说明，中午的时候，我已经彻底对每样东西的来龙去脉都了解得一清二楚了。

我们的午餐很简单，只是一些面包和奶酪。吃中饭时，我告诉本我上午做了什么样的研究，本见我对这件事如此上心和津津乐道，非常开心和感激不尽。

下午，他出门去烫头发，我则独自待在大礼堂里。在那里，我继续做我的研究。对照着本画的图纸和他写的实验说明，我对这次展示用到的每一根电线、仪器的每个部件和细节都做了仔细的检查。因为这事对本来说意义非凡，我希望这次展示不出任何差错和意外。

我突然发现他有几个地方都大错特错了，显而易见，已经不是几根线连接的小问题。因为有如此多的错误需要我去一一纠正，整个下午我都忙坏了。等我忙完，还有几根松散的电线和铜板不知道应该接放在哪里，于是我就把它们扔在了舞台的一张椅子上。当本从理发店回来的时候，我刚好才将这一切忙完。

我们匆忙赶回家吃晚饭，本一路上都激动不已地唠叨个没完。因而我也根本无法插上话告诉他，幸好我帮他事先纠正了错误，不然他的粗心大意很可能毁了整个展示。

当我们晚上又回到了礼堂，只见大礼堂内已是灯火通明、高朋满座。主席台上，坐着的是州长和州长夫人、市长、几位牧师，以及拿着银色喇叭的志愿者消防队大队长。

本先上台发表了演说，又用一些玻璃试管给大家演示了几个简单的小实验。观众们都兴趣盎然地观看着，不时地掌声雷动。

之后，他走向那架新仪器，向待在曲柄旁的一位年轻印刷店学徒工打了个手势。小伙子立即劲头十足地转动起曲柄，轮子随之轰隆隆地转动起来，而周围，蓝色火花噼里啪啦地四处飞溅起来。

“现在，朋友们，”本自豪地说，“当我按下这个按钮时，如果我的计算准确无误，你们将见证人类历史上盛况空前的电力。”

的确，在场的观众见识了前所未有的盛况。

当本按下按钮时，州长直接从坐着的椅子上弹跳到了空中，头发也跟着竖起来，就像之前本用玻璃试管碰触我的尾巴时我的反应一样。州长的第二跳更高了，他的头发也竖得更加笔直，空气中还伴着一股衣服烧焦的难闻味道。

州长的第三跳更离奇，铜板同时从他的椅子上飞了起来，不幸的是，又冷不丁落到了他夫人的大腿上。惊慌失措中，州长夫人的假发套也从头上歪斜了下来，还狼狈不堪地盖到了嘴巴，可她顾不得拿开，就拼了命地尖叫起来。

这时，消防大队长英勇无畏地上前相助，结果无意间他手中的银色喇叭触碰到一根电线。瞬间，喇叭被非同寻常的蓝色火花环绕住了，还发出了奇怪的叮当作响的声音。

本立即冲向他们想去给予帮助，但是我狠狠地揪住了他的耳朵阻止了他。要知道我以前可是领教过那些电击的厉害的。

“那个小伙子——”我压低嗓子厉声喊道，“让他赶快停下机器！”

本立即奔向那个学徒工，他依旧在劲头十足地摇着曲柄。他可不管那是不是州长，听到本的指挥，他才极不情愿地停止了摇动。

这个时候，州长瘫坐在他的椅子上，浑身僵硬，面色惨白；州长夫人脸上罩着假发，有气无力地呻吟着；消防大队长则目瞪口呆地盯着他失去了光泽的喇叭；台下的观众呢，是一阵喧哗、一片骚动。

"没关系，本，"当我们走在回家的路上，我安慰起本来，"我想下次我们一定会成功的。"

"我们成功啦！我们当然已经成功啦！"本大叫起来，"埃莫斯，难道你没意识到，我刚刚完成了本世纪最为成功、最为重大的实验吗？我发现了强烈的电击对人类所发挥的作用啦！"

"假使州长也算得上是其中之一的话，"我说，"我们毫无疑问做到了。"

7

避雷针之谜

在本公开展示了电击实验以后，绝大多数本的朋友都开始对他心存疑虑。当我们在路上遇到州长时，他甚至绕道跑到街对面，刻意回避我们。

不过，本可从来都不会在意这些，他依然孜孜不倦地全神贯注于更多的实验。我发现，现在他对闪电的痴迷，已到了无可救药的地步。

每次当一栋房子或者一棵树遭遇电击时，本必定是第一个赶到事发现场的，他不厌其烦地询问所有现场的目击人，闪电看上去是什么样的，闪电时闻到了什么气味或听到了什么声音，闪电时他们作何感想，等等诸如此类的问题。然后，他会一连几个钟头都在冥思苦想，偶尔还会喃喃自语："让我好好想想，让我好好想想。"

这实在让我不胜其烦，最后我禁不住问他："你究竟要好好想什么呢？"

"闪电和电是同样的事物吗？"

"要我说，它们是一回事，"我随即回答，"你看，它们都'讨人嫌'、让人胆战心惊，还危险重重，我们应该坚决远离它们。"

"哎，埃莫斯，你又来了。你这是鼠目寸光，鼠目寸光啊！"

"好啦，好啦，"我立即说道，"假如它们是一回事，就算你能证实这些，然后又能怎样呢？"

"然后又能怎样？"他答道，"我将因征服闪电而名垂青史，我将——"

"如果你有任何这样的念头，想将闪电当作一个家养宠物来玩，"我说，"你以为那样就可以名垂史册的话，唔，悉听尊便！我呢，就不妨碍你了，还是老老实实回我的地下室去待着得了。”

两天后的下午，头顶上一阵叮叮当当的响声，将我从睡梦中猛然惊醒。一探究竟，原来又是本，他正坐在屋顶上接二连三地敲着榔头呢。他将收集到的所有尖头铁杆都固定在房顶的不同部位。每个烟囱都装上两三根铁杆，还有屋脊上也装了一连串铁杆。这些铁杆全都由一堆纷乱如麻的电线连接起来，再顺着天窗连接到我们所在的房间里。

“埃莫斯，你看，”本边将电线连接到五花八门的仪器上，边和我解释，“大多数人存在的问题，都是因为他们缺乏训练有素的科学思维，以致难以冷静观察。屡次三番，我冲到这些被闪电击中的现场，我从每位目击者身上看出的，就是他们个个都惊恐万分。”

“现在，我们通过你看到的屋顶上的铁杆，收集一点儿被称作‘闪电’的东西，再让它从电线传到这些瓶瓶罐罐和仪器里。为此，我们不仅能够真正科学冷静地研究闪电的特性和作用，而且还将有可能揭开那个长期以来一直困扰着我们的科学难题：‘是否闪电就是电？’”

“这个难题从来都没有困扰过我，”我说，“这个问题如果让我来回答，我根本考虑都不会考虑的。”

“还有，”我抑扬顿挫地继续说道，“你别再口口声声说‘我们’了。我老早前就说过要和这些实验说‘再见’了。我不要做什么研究，就待在地下室中观察好了。呀，现在天空中已经风起云涌，好吓人啊，我得提前撤退了。”

暴风雨超乎想象地来得如此之快。我刚准备进门，一道可怕的闪电就划过天际，紧接着一声巨雷震耳欲聋，整个房子感觉都要被震塌了。

电闪雷鸣把我整个身体都甩入了一个大大的玻璃罐，幸亏里边空空如也。我还真的是运气挺不错的，因为有了玻璃罐的保护，即便外面雷电交加，我也能够安全地待在里边，继续观察周围所发生的一切。

当发生第一个闪电霹雳时，本所有罐子里的液体都消失了，取而代之的是喷射出来的微黄色气体，而且所有仪器都开始四处活蹦乱跳起来。伴随着连续不断的闪电，蓝色火花在电线上上蹿下跳；黄铜炉架燃烧得通红，就像浸过了易燃的磷；壁炉台上的烛台也喷射出火球。雷声轰鸣，接连不断，房间里每样能活动的东西都被猛然震动，发出哐啷作响的撞击声。

闪电即是电，对此，现在我深信不疑——闪电还更加让人感觉心惊肉跳、险象环生。

混乱之中，我都把本给忘在脑后了。现在环顾四周，令人吃惊的是我哪儿也看不到他。

就在此刻，一只巨大的蓝色火球从富兰克林炉凭空飞来，在地板上翻腾，又顺着楼梯滚落下去，一路噼噼啪啪作响，还散发出一股刺鼻的硫黄味。随着一阵异常猛烈的撞击声，床那边发出一声哼哼唧唧的微弱呻吟。

就在床那儿，我发现了本。更确切地说，我发现的是本的两只脚，因为那是他身体唯一露出的可以看见的部分。其余部分都被他用被子裹住了，头上还严严实实地捂上了两只枕头。

刚开始，我还惶恐不安，担心本是不是出了什么大事。但

是每一次撞击声过后，他都会重复发出一声低吟，脚还哆哆嗦嗦地发出一阵剧烈的颤抖。我这才意识到，他只不过是已被吓得到了失魂落魄的地步而已。

安全藏身于玻璃罐中，我得以心安理得地欣赏本被吓得胆战心惊的尴尬场面，而任凭暴风雨肆虐。

随着隆隆的雷声逐渐消失，只见本小心翼翼地抬起枕头，探头仔细端详前方。他的样子看上去非常的滑稽可笑。

“喂，富兰克林博士，”当他面带窘色地从床上爬起来时，我嘲笑挖苦道，“能否借用一点儿你的冷静、科学研究思维，将我救出这个罐子？顺便问一句，对于闪电的特性，你观察到了什么？”

“埃莫斯，你知道吧，”他向我解释，“发生第一次闪电时我的眼镜就被打落了，如果没有眼镜我就像睁眼瞎，当然什么也看不清楚了。”

“因此你就找了几个枕头代替你的眼镜，对吧！”我说。

他再没理会我，只一声不吭地开始收拾起那些支离破碎的仪器。

一段时间过后，一位科普作家将这些东西称作“避雷针”，还说本是它的发明者，可本坚决拒绝接受这个光荣称号。他这一出人意料的谦虚，让很多人觉得莫名其妙。不过，我可一点儿也不惊讶。我清楚其中的所有秘密。

8
诡计多端的风筝放飞

自那次损失惨重的避雷针实验后，本倒真是默不作声地安静了几天，甚至提也不提“电”了。我指望这次本已迷途知返，彻底戒掉了他的这个危险爱好。但是——我的老天啊，我的梦想不久又戛然而止成为泡影。

想搞清楚闪电特性，这个问题一直深深困扰着本，以至于本为此欺骗我，才导致了我们之间长久以来建立的深厚友谊，第一次也是仅有的一次，出现了严重的不和。

我坚信，他对闪电特性这个问题的痴迷，已经严重到让他有些精神错乱的地步。唉，也仅有这个理由，能让我说服自己，原谅他对我的背信弃义了。

以下，就让我给你娓娓道来事情的来龙去脉吧！

本最喜欢的休闲方式之一是放风筝。

在本的大风筝上，他专为我搭建了一个微型天台。这个小天台是用轻如羽翼的木头做成的，被牢固地绑在了风筝支架的交叉处。它的四周用结实的栏杆围着，底部用柔软的草垫着，简直哪里也找不到比这个小天台更安全、更温暖舒适的静养地了。

待在小天台上，随着它自由自在地翱翔在天际，这种感觉让人心旷神怡。风筝在天空中轻轻飘荡，和煦温暖的阳光照耀着，天地一片广阔，人世间的一切都一览无余，这种体验真让人怡然自得，感觉真是美妙极了。

对了，我们还增加了一处引人入胜的地方：我们设计了一辆迷你小车，通过滑轮将它挂在风筝的线上。当我从小天台出来，登上小车，沿着风筝线滑行而下，我就可以拥有一个长长的俯冲，飞奔着扑向本的怀抱。这真是太惊险刺激啦！

我们之后又给小车装了一面小帆。这么一来，当风强劲有力时，我可以让小车扬起风帆，顺着风筝线往上爬到风筝上面。这样，我就能上能下，随心所欲啦！这项激动人心的运动，让我度过了许多美好快乐的时光。

就在这诗情画意里，本的诡计多端又一次浮出水面，让这一切美好和快乐付诸东流。我们之间的友谊也几乎从此就一刀两断，我想我还是尽快忘掉这样的不快吧！

本以前就曾给过我暗示，如果我愿意在暴风雨来临时还待在空中一次就好了。因为如果那样的话我离云层很近，他便可以更轻而易举地测定闪电的特性了。

他这个“好”主意，立即遭到了我不留余地的回应——“没门儿”。见我如此坚决，本便对这事缄默不语了，我还天真地以为他已经完全放弃这样的想法了！

唉，我真是太可悲了，居然那么相信人类！我连做梦都没想到，在这个“好电癖”不正常的大脑里，此时正在紧锣密鼓地预谋着一场可怕的阴谋。

七月一个炎热的午后，我又遨游在天空中，风筝在轻轻摇荡，阳光温暖和煦，我静静地享受这一切，不一会儿就进入了甜美的梦乡。忽然风筝一阵剧烈的摇摆，将我从美梦中惊醒。看到天空中乌云密布，我立刻意识到，暴风雨很快就要来临啦！这时狂风大作，风筝被吹得左摇右晃，颠簸得非常厉害。

我匆匆忙忙地准备坐回我的迷你小车中，然后立即下滑至地面，结果我被吓蒙了，我的小车到哪里去了？手忙脚乱中，我猛拉风筝的线给本发出信号，但他没做任何回应。就此，他精心布局的丑陋阴谋，开始原形毕露了。我回想起来，之前本急匆匆地放出风筝，一边放风筝，还一边喋喋不休地和我说话。原来他一直在分散我的注意力，好悄悄藏起我的小车。

不管我同不同意，他就如此铁石心肠，让我独自在天空中经受暴风雨！太不可思议了！

我得想方设法从风筝上下到地面才行。但狂风肆虐，除了拼了命紧紧抓住东摇西晃的小天台，其他的，我都已经无能为力。

接下来的半个小时中，我体验到了一生中最糟糕至极的时刻。风筝发狂似的颠簸不已，大雨倾盆而下，接二连三的闪电，响彻云霄的轰鸣雷声，所有这些都令人毛骨悚然。但此刻，惊慌失措的我，也只能狠命地抓牢风筝线，并在心底祷告上帝保佑我。

持续的电击，电流一次次传遍我的全身，我已浑身被刺痛得僵硬麻木。在我脑海中，我对闪电特性的满腹狐疑已不复存在：闪电就是电——对此我深信不疑。

蓝色的火花，在我的胡须上噼噼啪啪地作响，我身上每根毛发也都情不自禁地竖了起来，无休无止的电击整得我浑身痉挛，骨头都要散架了。

这种苦不堪言的折磨让人备受煎熬，就好像是持续了长达数小时之久的酷刑一样。之后，暴风雨总算是停歇下来了。随着风筝线的晃动，我知道风筝正在一点一点地慢慢降落。快到地面时，我看到本躲避在一个小棚子底下，正焦急万分、目不转睛地注视着我的着落。

我的脚还没落地，他就冲着我大喊起来："是不是，埃莫斯？闪电是电吧？是不是就是电啊？"

唉，我满腔怒火，一时间无言以对，我也永远不想给他满意的回答。当风筝落地，我下来后，就沉默不语地径直从他身边走过。任凭他不停地追问和苦苦地哀求，我都不会稍作停留，而是怒气冲冲、头也不回地朝着小镇的礼拜室方向走去，那里才是我真正的栖身之地。

因为我浑身都湿透了，身上还有多处灼伤，回到家时，家

里人都满脸疑惑。但心疼我的家人无暇问及，就忙忙碌碌地先帮我擦干身子，又帮我包扎好多处伤口。随后，精疲力竭的我，倒头便昏睡起来，这一睡就是两天时间。

熟睡了这么久，当我醒来时，身体已彻底复原，但精神尚欠佳。这时，传来了熟悉的声音，那是本的低沉有力的说话声。本正坐在礼拜室中，这位对我们家慷慨解囊的资助者的大驾光临，显然让我老妈感到受宠若惊，她正忙碌着盛情款待他。

与此同时，我过去和本打了声招呼，态度却是相当的冷淡。但本对我却是好言好语地表示由衷的歉意。他还特别带来了我们签署的协定。因为他觉得我擅自离开他，已经违反了协定里的内容。

“只不过一张废纸而已，还想将我如何？”我对此不屑一顾，紧接着我还继续向他大倒苦水：谁知道现在他对电如此头脑发热？当初我们签署协定的时候，根本不存在这样的问题。

也正是由于他对电的痴迷，导致了我们之间的所有分歧，这种如履薄冰的生活我早已受够了。我越数落越来气，不知不觉竟花上了近一个钟头的时间。

“别指望，”我大声宣称，“如果你对电的疯狂行径一直持续，别指望我尽弃前嫌，和你重归于好。”

最终，本向我让步了，他同意永远停止所有电的实验。不仅如此，他还将这一条写进了协定中，我们双方签字画押。至此，新仇旧恨一笔勾销，我们和好如初啦！

因为我们言归于好，我的鼠老爸、鼠老妈也笑逐颜开，特意多做了几道茶点给我们吃。之后，我们全家还到本那里做客。我将我的弟弟妹妹们，也都向本一一做了介绍。本对他们有说不出的和蔼可亲，他拍拍他们的小脑袋，问他们平时学了什么、都玩些什么。不过幸运的是，他们没有人提及放风筝的事。

“埃莫斯，”本还没完没了地和我唠叨，“为什么我这么轻而易举就放弃了科学研究？我告诉你真正原因吧！很可能你也知道，我们美国殖民地和宗主国英国之间的关系已经变得相当紧张了。因此我被派往英国，就是要让国王和国会清楚我们的想法：希望他们了解我们的疾苦，避免战乱危险和发生可能的战争。”

“如果没有你，埃莫斯，我真不知道该怎么办才好。你的忠言奇谋和搜集情报的出色本领，对我来说是从未有过的莫大帮助。现在就有个难得的好机会，可以证实你对国家的赤胆忠心，并为了神圣不可侵犯的自由而英勇奋战。埃莫斯，你说怎么样？明天拂晓时分，我就要出发了。”

在这个庄严的时刻，我毫不犹豫，激动得一跃而起。

“自由万岁！”我大喊道，“我会和你一起去，本。还有，我知道英国的奶酪最好吃了。”

大清早，天气阴冷阴冷的，还灰蒙蒙的带着潮气。我来到码头，那里正停靠着我们准备起程的船只。突然间，我注意到排成长长一队的船耗子们，正手脚并用地扛着他们的随身物品，鱼贯而行地往岸上走着。

“这可不是个好兆头。”我边想着，边连忙上前打探他们为什么要弃船而逃。

一只灰白胡须的鼠老爷子，郁郁寡欢地指着桅杆的顶端对我说：“你看看它们吧！”

顺着空中的桅杆抬眼向上望去，我辨认出，在每根桅杆的顶端，都固定上了一根令人讨厌的避雷针。

“嗨，居然又是避雷针！”我嘟嘟囔囔道。

“本也是这么称呼这些东西的，”灰白胡须的老爷子愤愤不平道，“昨天他一整天都耗在这里，就是为了把它们都安装上去。他还和船长说，避雷针会保护他们的船只不受电击。我可不相信他的这些时髦货色，绝不相信。”

就在此时，本上气不接下气地跑来码头，手里拎着的、肩上扛着的，满满的全都是大包小包。像往常一样，这一回他又迟到了。

“本，”我指着这些桅杆的顶端，眉头紧锁地问道，“那些都是什么玩意儿啊？”

“为什么问那些——埃莫斯——为什么？那些也只不过是——哦，别介意——快，先上船再说吧，我的乖孩子。以后我定会给你细细道来。”

“你还是等以后向鲨鱼慢慢解释吧。”我鄙夷不屑道，并转身准备离开。

“但是，埃莫斯，”本极力反对，“我们不是签过协定的嘛！”这个时候，船上的水手们都急不可耐了，催着他快点上船。

“我们的协定，”我冲他大喊，“上面白纸黑字写着‘停止所有的实验’！再见，本！祝你好运！‘自由万岁’——但避雷针不包含在内！”

就这样，我回到了小礼拜室，本则独自一人去航海了。

9

战争开始了

之前和本在一起时，生活总是大喜大悲、波澜迭起。而在小礼拜室的日子，就显得异乎寻常的风平浪静。但我感受到了，和自己家人在一起时，总是那样的其乐无穷。这样平静安稳的时光，也正是我所想要的生活。

小礼拜室中的日子过得平静如水，而整个费城则全然不同。焦躁不安的人群挤满了街道，暴力打斗的传闻四起。人们高声抗议英国政府征收印花税，以及其他为所欲为的暴行。据我所知，本此行到英国所要完成的使命，也完全失败了。

最终，在马萨诸塞州的一个地方，战争的号角吹响啦！我热切希望，作为一只鼠辈的自己，也能贡献出自己的一份力，来帮助正在苦苦挣扎着的殖民地人民。然而，没有本在身边，我却觉得自己英雄无用武之地。当我听说本就要回家时，顿时激动万分。

在国家面临生死存亡的紧要关头，我们个人之间的恩怨也早已一笔勾销。我们以最饱满的热情，投身到工作中来。

在我看来，我所关心的革命战争，只不过是一些没完没了的委员会会议而已。本加入了数十个委员会。他们无论白天黑夜都聚集在一起开会。而我呢，则风尘仆仆、处心积虑地四下搜集情报。事已至此，我倒是开始时常怀念起从前那些和避雷针及其他危险的光电实验相依相伴的时光。

我们最重要的委员会，就是为了大家能聚集在一起，起草所谓的《独立宣言》而成立的。除了我以外，委员会一共有五个成员。其中算得上数一数二的人物，就是本和来自弗吉尼亚的托马斯·杰斐逊先生了。杰斐逊先生和本一样，说起话来总口若悬河。如果不是因为我和杰斐逊先生的老鼠红毛小弟的悉心相助，他们是不可能取得任何进展的。

红毛小弟来自弗吉尼亚，他可是钻在杰斐逊先生的马鞍袋里同托马斯·杰斐逊先生一同来的。和他的主人杰斐逊先生一样，红毛小弟满头红发，是个热情似火的革命家，还能说会道的。

红毛小弟一来到旅馆，就开始向马厩四周的老鼠们宣传革命。很快，他组织了一帮老鼠，带领他们对旅馆客人进行了几次突袭。为此，客人们纷纷投诉，这也给旅馆老板惹来了相当多的麻烦。

尽管红毛小弟干事有些激进，但我还是身不由己地喜欢上了这个年轻的革命家。很快我们就成为朋友，我还把他介绍给了我熟悉的许多费城的名流鼠辈。虽说他的激进理论总让这些名流瞠目结舌，但所有老鼠都很钦佩他的能言善辩和领导才能。这帮老鼠在红毛小弟的马鞍袋家里，还举行过很多妙趣横生的会议，针对白天讨论的问题相互交换意见。

在这些会议中，其中有一场，红毛小弟提出起草一份宣言进行讨论，上面列数出我们鼠辈在人类的统治下所经受的种种苦难。

还记得宣言是这么开始的：“在漫漫历史长河中，我们有必要奋起抗争。是时候，让我们鼠辈行动起来，挣脱人类束缚在我们身上的层层枷锁……”接下来的，便是滔滔不绝的长篇大论。

有些出席会议的鼠友觉得，我们所受的委屈写得有些夸大其词了，但红毛小弟才思敏捷、文采飞扬，宣言写得扣人心弦，打动了在场每一位鼠友的心。我也深受感染，于是将宣言借回来念给本听。

本参加的委员会的会议，一直持续到半夜，还没有讨论出任何结果。我只能在他们中间休息时读宣言给本听。当我读的时候，本显得越来越兴奋不已。我读完时，他已经情不自禁了。

“棒极了！埃莫斯，简直太棒了！”他大声喝彩，“这刚好和我们的情况完全吻合。‘在漫漫历史长河中，我们有必要奋起抗争……’哇，太精彩了！帮我抄上一份吧，我的好伙计！当然出现‘鼠辈’这个词时，请帮我将它全部改写成‘人类’。”

“我们到底是鼠辈还是人类啊？”我目光呆滞地问道，“我困了，还是你自己去抄吧。”

没想到他还真自己抄写了一份。第二天，这份宣言就在本所在的委员会全票通过。本也因为起草出如此精彩的文稿而心花怒放。

红毛小弟自然怒不可遏。他唠唠叨叨，一连抱怨了好几个钟头，控诉他的劳动成果被无耻地剽窃了。但是我们都在想，对他来说，或许这就是咎由自取，命运给他开了一个大大的玩笑。

七月四日那天，这份文稿正式通过国会的批准，并作为《独立宣言》公布于众。为此，费城还举行了盛大的游行庆祝活动。只听鼓乐齐鸣，鞭炮声声，人们纷纷涌上街头鸣枪庆贺。不过这种喧嚣一时的场景，对我们鼠辈来说，也实在是太可怕了。

本全然不顾我的竭力反对，理所当然地加入了这样的庆祝活动中。他大呼小叫，比任何年轻人都显得慷慨激昂。得意忘形的他，甚至将自己的手指头都烧伤了。后来，当他又燃放起鞭炮时，我的尾巴还被烧焦了。终于，我忍无可忍了！我威胁他说，如果他再这样下去，我将把宣言文稿的真正作者公布于众。

就这样，本才老老实实地安静下来了。

10

法国美女

自然而然，在这段鼓舞人心的不平凡岁月里，所有这些殖民地的伟人我都接触过。其中最为刻骨铭心的，当属乔治·华盛顿将军。

不仅仅因为他是个文武双全、胆识过人的著名人物，还因为他老家在弗农山，那里生长的小麦品质上乘，味道可真是好极了。每回在他的靴子里、口袋中，总能翻出几粒麦子来，有时还会发现蛮多的面包屑，因此我也总是盼着与他相见！

有一次，他登门拜访本，但看上去无精打采的。

他说："富兰克林博士，殖民地的局势令人担忧。我们英勇善战的士兵们缺少鞋子、军装、弹药和武器。我们恐怕需要寻求一些外来的军事援助。但是我们应该向哪个国家请求援助呢？这个需要深思熟虑才行。我想西班牙这个国家应该不成问题的。"

“法国的油酥点心味道相当不错。”我对着本的耳朵窃窃私语。

“当然我们要考虑法国。”本连声说道。

“那俄罗斯怎么样？”华盛顿将军提议道。

“法国的红葡萄酒啊，香醇醉人。”我压低嗓门说。

“嗯，我看法国行。”本说。

“还有丹麦和瑞士，我看也可以考虑。”华盛顿将军说。

“法国的女人，闭月羞花。”我对着本悄悄耳语。

“法国，”本口气坚定地说，“毫无疑问，我觉得法国就是最合适的选择。”

“那好吧，”华盛顿将军说，“那就法国了。富兰克林博士，你能否去趟法国王宫，为了我们伟大的事业去晓之以理、动之以情？此行责任重大，我们对你寄予了所有的希望，期待着你的凯旋。”

本马上起身，义无反顾地说：“遵命，将军！我们万分乐意。”

“我们？”华盛顿将军有些疑惑不解。

“我是说我——当然——我万分乐意！”本回答，“那我们——哦，我是说我——什么时间出发？”

“就现在，立刻出发！”华盛顿将军站了起来，看上去气宇轩昂，“‘复仇’号护航舰已全副武装，随时待命出征。富兰克林博士，此行，你将给我们民族带来新的希望，我们将为之虔诚祈祷。这是大势所趋，人心所向。”

“还有埃莫斯一起哟！”我随之加上一句，可华盛顿将军并没有听到我说话。

我们出发了。那段旅程记忆犹新，但我并不想多提了。我向来对水深恶痛绝，没想到大西洋苍茫一片，波澜壮阔，更是可怕，完全超出了我的想象。我晕船了，还晕得特别厉害。但本则不然，居然安然无事。他看上去好得很呢，还活蹦乱跳地东跑西颠，令人厌烦和好生嫉妒。

这种情况下，本还想出了一套扬起风帆的新法子，他告诉船长，那样将大大提高船的航行速度。为此，他在甲板上连续待上了好几天，和船长一起实战演练，这倒让我乐得自在逍遥。但是有一天，甲板上突如其来一阵喧嚣，不知怎么了，被气得七窍生烟的船长，追着本破口大骂。本急匆匆地跑进我们的船舱。

“唉，鼠目寸光，埃莫斯，他们真是鼠目寸光啊！”他垂头丧气地说。

“一派胡言乱语！正经忙没帮上，倒是帮了倒忙！”我一声叹息。

11
王宫之行

我们的航程总算是结束了。我依旧每天晕晕乎乎的，神志不清。直到有一天，当我清醒过来时，才猛然发现，我们已经住进了位于巴黎市郊的小镇帕西的一所大房子，房间里很是宽敞舒适。

本深受法国人民的爱戴，这让我大惑不解。不论是学者、科学家，还是作家，全都慕名而来。他们对本说的每字每句都视若珍宝，谈论他的避雷针和风筝放飞实验。本的画像在法国的每家商店都能买到，他的格言在法国也家喻户晓——当然，都是法语版的。不过，这些英语格言本来我就认为一文不值，现在又翻译成了法语版的，我就更觉得是胡说八道了。

至于法国美女对本也是心仪已久，她们总是围着他，就像一群苍蝇围着一个蜜罐。她们还都不可理喻，竟一口一声喊他“亲爱的”，而且如果她们邀请本喝茶、用餐遭到拒绝的话，她们还会动不动就泣不成声。我们的邮筒里也塞满了她们荒唐无稽的信件，上面还都带着浓烈的香水味道。

一些法国女人竟然学着本的模样，将头发搞得乱七八糟的，还有些则模仿着本戴上和他差不多的皮帽子。甚至有个法国女人，竟然天方夜谭地想将我的家——本头上那顶皮帽子，给借去照样子进行仿制。这种白日做梦的离奇行为，立即被我坚决地予以制止了。

我们周围总有很多外交官、政治家和密探，他们都想弄明白，这次本到法国来，到底有什么计划、准备做什么。如果有可能的话，他们还想阻止本完成计划。还用说嘛，我为此忙得不可开交起来！我得时刻保持高度警惕，随时随地对这些人的一言一行进行观察，再告诉本这些人背地里到底在搞什么样的名堂。

至此，我对巴黎每位大使的办公桌都开始熟悉起来了。我偷偷查阅他们的信件，窃听他们的每一次谈话。

当然，由于我夜以继日的刺探，给本提供了诸多秘密情报，本才得以游刃有余地挫败了针对我们的每一次阴谋诡计。为此，他还荣获了“天才外交官”的光荣称号。

我在暗处费尽心机，他在明处坐享其成，风光无限。他无休止地参加众多宴会，由此他看起来还心宽体胖了不少。

无论如何，在法国王宫，他可是的的确确完成了自己肩负的使命。国王和王后，居然没头没脑得和普通法国人没两样，他们也对本、本的格言以及他的奇装异服都仰慕不已。他们还特别对本的那顶皮帽子赞不绝口，当然不足为奇，因为本无时无刻不戴着那顶皮帽子四处抛头露面。本阿谀奉承、巧舌如簧，信口开河地承诺将来可能会给法国的种种好处，最终他想方设法从法国成功借到了几百万法郎，用以补给华盛顿将军的部队。为了自由和正义，本努力赢得了这么一大笔经济援助，那么对于他的滑稽可笑，我又何必在意呢？不过他的社交面实在太广、活动过于频繁，这点可真让我累得有些吃不消了。

“本，”最后，我忍不住问他，“我刚想起你的一条格言：‘借债是不幸的开始。’你刚向法国国王借了几百万法郎，这可以算得上是本世纪最大的一笔债务了。可我怎么也看不出你有一点儿忧愁，相反，你整天一副无忧无虑的样子。每天晚上，你都同这个女人或那个伯爵夫人共进晚餐。”

“愚者设筵，智者赴宴。”他说。

“行啦，打住吧！”我说，“我可不想和你来什么格言大比拼，但是赴宴这件事儿，我实在感觉精疲力竭了。尤其是那个郝尔维希斯夫人，她和她的猫咪，都已经让我厌烦透顶啦！”

“她可是邀请了很多重要人物到她家参加宴会的啊！”本申辩道。

“我不关心这些，我关心的是她家的猫呀，”我强调道，“她有几十只猫呢，满屋子都是猫在乱窜；还有那条小狗也总是汪汪乱叫，真是烦死人了！我在那儿根本无法放松下来，神经时刻都得紧绷着。本，我已经忍无可忍了。而且，假使我有个什么三长两短的话，你怎么办呢？我们的使命，我们的军队，还有华盛顿将军，又将怎么办呢？”

本看上去一副若有所思的样子：“你想得还挺周全的，埃莫斯。其实我和你一样，也非常不喜欢这些猫和狗——是的，你说得对，埃莫斯，那样真的是太冒险了。从现在开始，我们少和郝尔维希斯夫人共进晚餐了，或许我们可以多去布瑞莲夫人家赴宴。”

“现在你总算有点儿明白了，”我说，“如果我们必须要出门赴宴的话，完全可以选择去布瑞莲夫人那里，你一定要记住哦！瞧瞧这位漂亮的女人对你来说再合适不过了：她整所房子里没有一只猫，家里也准备了那么多美味佳肴。”

就此，我们再没有光临过郝尔维希斯夫人家了，我再也不用见到那些猫啦！这让我大大地松了一口气。我们一个星期中有好几次都会去布瑞莲夫人家，与她共进晚餐。这对我来说再完美不过了，因为除了佳肴美味、可爱舒适的环境之外，那里还有我的好朋友鼠妈妈索菲娅。

索菲娅是一只美若天仙的白老鼠，她来自凡尔赛王宫，是一个贵族，要知道我之前可从未见过贵族老鼠。不过后来我才得知，她其实是位有着悲惨经历的落难女子……她住在布瑞莲夫人头上高高耸立的假发套里，她的家可谓真正意义上的精致优雅，我那个粗枝大叶的陋室寒舍，可一点儿也没法和她的家相提并论。

在漫长无聊的晚宴期间，我们经常一起聊天。因为索菲娅受过良好教育，一口英文讲得非常流利，因此我们能够天南海北地畅聊不已。话说我一生中的大半光阴，都耗在了低矮简陋的小教堂里，和小酒馆的普通老鼠相依为伴。现如今，她的冰雪聪明、知书达礼，都让我大开眼界。很快，我就成了她诚心诚意的爱慕者，任她差遣。

以往，王宫里的白老鼠们用尽卑鄙无耻的阴谋诡计对她进行恶意中伤，因此她现在特别需要一位思维敏捷、强壮勇敢的助手。

索菲娅将自己的不幸遭遇，都对我和盘托出了。唉，往事不堪回首，一言难尽！这里我言简意赅地总结几句。她丈夫是法国最古老的老鼠家族中的后裔，由于一场阴谋活动，被流放到了美国。她也被迫逃离王宫，但他们的七个孩子，至今还被囚禁在凡尔赛宫里。她可怜的丈夫现在正在费城顽强地拼搏着，希望给自己的家人在新的国家里争取到一席之地，盼望有朝一日能和家人团聚。

索菲娅被迫逃离王宫后，就来到布瑞莲夫人这里避难。众所周知，布瑞莲夫人向来都是同情弱者的。索菲娅生活在她主人巨大的白色假发套里，忠心耿耿地效劳主人，就像我对本竭

尽全力一样。她给予她的女主人极大的帮助，提出很多卓有成效的建议，既是主人的得力顾问，也和主人成了无话不谈的朋友。因为布瑞莲夫人常常出入宫廷参加活动，索菲娅有时就得以从中打探到自己孩子的一些消息。虽然自从逃离王宫后，她一直都没有见到过自己的孩子，但她了解到，他们就被囚禁在王后宝座下方的一所小牢房里。现在，对她来说，唯一的愿望就是解救出这些不幸的孩子，然后与丈夫在美国一家团聚。但是想要达成这个心愿，机会似乎很渺茫。

她是那样的美丽动人，又是那样的绝望无助，我不由得心生怜悯。我信仰共和，可宫廷生活放荡不羁、荒淫无度，养尊处优的贵族贪得无厌、为非作歹，面对这些卑劣的行径，我是绝对不会不管的！

“夫人，”我大声承诺道，“不必担心！虽然我出生卑微，但我为人类和国家安危所作的贡献绝不容忽视。作为一名充满正义感的鼠辈，我将全力以赴，助你一臂之力。我，埃莫斯，庄严宣誓：我要为你的冤屈奋斗一生，直到洗清你的不白之冤，让你带着孩子和丈夫在我们自由平等的费城团聚。”

听了我的一席铿锵有力的誓言，索菲娅那漂亮的粉色大眼睛里满含感动的热泪。

“啊，尊敬的埃莫斯先生！”她轻声地说道，“如果你能力挽狂澜，实现这些誓言，让我的家庭破镜重圆，那将真是喜从天降啊！”

“别担心，夫人！”我镇定自若地说，“作为一名真正为自由和公正而战的勇士，这样一个任务算不了什么！请勇敢一点儿，相信埃莫斯吧！”

12
计　划

尽管我对索菲娅信誓旦旦，但我左思右想，发现我给自己设定的目标和任务，似乎都是不大可能完成的。一只老鼠要对抗整个法国王宫，从王后的宝座下面解救出七只被囚禁的鼠宝宝，然后，将鼠宝宝和他们的妈妈再送到美国——如此艰巨的任务，已远超我的能力范围了。

但是，没想到老天有眼，竟天赐良机！

突然间，我们收到了激动人心的好消息——康沃利斯勋爵投降了！华盛顿将军率领我们英勇善战的军队打赢了战争！战争结束了！殖民地解放了！

那晚，本和我一起狂欢庆贺我们的胜利！一块块奶酪、一杯杯麦芽酒，我们痛痛快快地吃着，酣畅淋漓地喝着。不过，实话告诉你，因为前一晚无所顾忌地大吃大喝，第二天我身体感觉相当不适，而本也突如其来地痛风发作，并持续了一周之久。

自然而然，这时候我迫不及待地想立马就离开这里回到家中。在法国，我们已经住了好长一段时间了，我实在不敢恭维也已经厌倦了这些外国佬的生活方式。还有我和家人已经分开好久了，离别的滋味实在让人难以忍受。现在我们已经完成了华盛顿将军赋予我们的使命，我也翘首以待去履行我对索菲娅的承诺呢！可是，本这家伙居然还没想离开这里。

本很受法国人的爱戴，常有人邀请他赴宴，还能自由出入王宫，日子过得要多舒服就有多舒服。我和他说想返回美国，他甚至压根儿都不当回事。每次我提出回美国，他总是答非所问地找各种理由来搪塞我，还时不时地搬出让人生厌的格言，他真让我出离愤怒了。

但是，当法国国王和王后宣布在七月四日将为他特别举办一场盛大的舞会，以此来表示对他的敬仰之情时，他已迫不及待地等着参加了。他坐卧不安，找了一个又一个裁缝，神采飞扬得像个待嫁的姑娘正在准备自己的嫁妆一样。好多美发师和裁缝出入于我们的住所。他甚至找人给自己修剪了指甲。这状况真是太令人担忧了。

他一反常态的举动，让我心烦意乱，不过就此也磨炼了我的聪明才智。因为不久，我就酝酿了一整套计划，这将使我们之间存在的所有问题都迎刃而解。我聚精会神地投入到这项计划的准备当中，不再理会本和他荒唐无稽的古怪行径。

首先，我召集了居住在帕西小镇的所有田鼠，向他们讲述了索菲娅的悲惨遭遇，并向他们详细描述了我的计划。我的计划得到了他们的交口称赞。虽然他们愚昧无知、胆小怕事，但是因为平常受尽欺凌和压迫，总是食不果腹，所以对凡尔赛宫的贵族们也都咬牙切齿。

然后，我拜访了几家大使馆，在搜集情报期间，我结识了很多朋友。

俄罗斯鼠蛮横无理，但他们打起仗来却英勇无比，且随时待命。我向他们请求援助，他们慨然允诺。接着是瑞典鼠，他们高大威武、沉着稳健，也是强壮的斗士。当他们听完我的陈述，冷静思考后，也答应鼎力相助时，我真是喜出望外。

我也设法赢得了一些意大利鼠和西班牙鼠的支持，但我知道，他们会出尔反尔，不能指望他们太多。瑞典鼠和俄罗斯鼠是最靠得住的，我对他们抱有相当高的期望。

现在我是多么想念杰斐逊先生的红毛小弟啊！他热情似火的演讲，他鼓舞人心的领导才能，在这种时刻，起到的作用将

无可估量。

晚餐时分，当本宣布托马斯·杰斐逊先生当晚将抵达巴黎时，我无法抑制地雀跃欢呼起来。

红毛小弟应该和他一起到来吧？

“杰斐逊先生此行将出任美国驻法国的首位大使，”本伤心不已地说，“哦，我，我想，我们也没有必要再待在这里了。”

“我不是一直在和你说嘛，都好几个月啦！”我回答，“或许，杰斐逊先生能让你相信这个事实……”

“本，没什么大不了啦！”他看上去伤心至极，我便继续安慰他，“想想七月四日即将举办的盛大舞会吧，到时，你一定会成为万众瞩目的焦点。”

说到舞会，本又高兴起来，开始眉飞色舞地为舞会做起准备来。我呢，刚好乐得继续忙活自己的计划。

果不其然，红毛小弟随杰斐逊先生一起抵达了这里。和以前一样，红毛小弟依旧激情澎湃，斗志昂扬，他也立即接受了我的计划。当我向他详细讲述了索菲娅在王宫遭遇到的所有不幸后，他怒不可遏。

“哼，豪门显贵！”他冷嘲热讽，“什么达官贵人！他们欺压百姓，无恶不作！他们是恶霸、吸血鬼、贪心汉！……我们要为自由和公正而战，埃莫斯！请告诉我你的计划，我们什么时候行动？”

我们一起逐一过目了我所准备计划的每一个步骤和细节。红毛小弟同意我所有的安排，并还提出了几条非常棒的建议。

“埃莫斯，我们还比较势单力薄，”他说，“大家有目共睹，凡尔赛宫的白鼠成百上千。虽然他们都是娇生惯养、游手好闲的，但是他们中间，有很多是受过专门训练的击剑手。俄罗斯鼠和瑞典鼠尽管很棒，不过他们的数量却少之又少，帕西的田鼠也很难说，他们胆小怕事，总怕惹祸上身。我认为这个时候，你最需要的是赤胆忠心的美国鼠啊！”

听君一席话，胜读十年书！我眉头一皱，计上心来。

“有啦！约翰·保罗·琼斯！”我高兴得大喊起来，“他的舰队停靠在洛里昂港。他的海军船鼠，可谓是世界上最英勇善战的精兵强将。他的一名海军上尉现在就在巴黎，今晚将返回洛里昂。我马上写封信放在他的三角帽里，向他的海军船鼠们请求援助，相信他们一定不会让我们失望的。”

“太棒了，埃莫斯！”红毛小弟惊呼起来，“简直太棒啦！我还有一个想法，巴黎受尽苦难的贫民窟老鼠和下水道老鼠，也是一支相当成熟的革命力量。他们饥寒交迫，受尽剥削和压迫，早已对这些装腔作势的贵族怒火中烧了。他们最需要的是一位领导者，我将带领和指挥他们！自由万岁！”

此刻，红毛小弟已是红发冲冠。当我忙着给约翰·保罗·琼斯的海军船鼠们写信，以请求援助时，他已匆忙离开，融入了无尽的夜色里。

我还没写完信，本就从外面回来了，他又开始在镜子面前拾掇起自己来。

“哦，多么妙不可言的一个夜晚，埃莫斯，太妙不可言了！你真该和我一同前往的。哦，魅力四射的宾客——妙语连珠的交谈——”

“我看，这或许只是富兰克林博士的一己之见吧！”我不以为然地说。

“我的新马甲，大家都啧啧称赞呢！”他继续絮絮叨叨起来。

“哎呀，快别烦我了，”我不胜其烦地呵斥道，“我可没什么工夫来陪你这个装腔作势的花花公子闲扯，我忙死啦！”

“你说忙？”他深感诧异地问道，“埃莫斯，还有什么可忙的？如今已是和平时期，美好生活就在眼前。战争已经结束啦！”

“那也只是你的一己之见罢了！”我说，“晚安啦——祝你晚上做个噩梦！”

13
凡尔赛之战

到了七月四日这一天，我已经一切准备就绪。杰斐逊的红毛小弟来晚了些，做了最后一次动员。他蓬头垢面，眼中布满血丝，看得出他一夜未眠。但是，和往常一样，他依旧显得神采奕奕，激情澎湃。

“埃莫斯，一切按部就班，准备完毕！”他向我报告道，“下水道里的弟兄们都已跃跃欲试，空气中到处弥漫着革命和自由的味道。大家高喊着定要报仇雪恨！场面已近失控！”

“看你该怎么去做了，”我郑重其事地教诲和吩咐他，“失之毫厘，谬以千里，我们得时刻小心行事。现在请记住——从南面数第三扇窗户就是觐见室。这里有指引你们通往王宫的地图。晚上会很热，所有的窗户都会打开。我们的信号是：‘冲啊，干掉他们！’——你们到达指定地点后，在这个信号发出前千万不要轻举妄动，别发出任何声响。这次成败就全指望你啦！”

红毛小弟不苟言笑地瞥了一眼自己手里正拿着的短木棒。

“我在冯·施托伊本将军的率领下，在福吉谷度过了整整一个冬天，”他一本正经地对我说，“我知道纪律严明非常重要。相信我，埃莫斯。自由和正义万岁！”

说完，他出发了。感谢上天赐予我这位精力充沛的得力干将。

到了下午，我登门拜访了索菲娅，并将目前我们的进展情况向她进行了最后的描述。虽然她激动得有些微微颤抖，但还是尽量保持着贵族风范，表现得镇定自若。

“俄罗斯鼠和瑞典鼠将听候你的指挥！”我告诉她，“他们是最最可靠和值得信赖的。我自己将亲自统率帕西镇的田鼠军团，他们需要严加管教。对了，假发准备好了吗？”

“埃莫斯先生，有顶精美绝伦的假发，非常适合我们，”她应声道，“你想去看看吗？”

透过窗帘，我们看到了三位美发师和两个女仆正在帮布瑞莲夫人梳妆打扮，为即将到来的舞会做着悉心准备。

在王宫里，我见过很多精美的假发，可这个远远超出了我以前见过的所有假发。鬈发约有四英尺高，上面抹着粉，呈浪花形状。鬈发的最上方是一艘全帆缆船，桅杆顶端插了一面美国国旗。船头的斜桅杆上，飘着长长的红、白、蓝三种颜色的绶带，上面写着“自由和正义”几个大字。船的正下方是一尊本的彩色蜡像，由两个粉色的丘比特小天使用手托着，蜡像上还写有一些傻里傻气的赞美语。

“这简直完美无缺！”我赞叹不已，“这条船能容纳下所有的瑞典鼠，他们都是出类拔萃的水手，在船里他们会感觉就像在自己家中一样轻松自在。不过俄罗斯鼠有些粗鲁，得麻烦您带他们进假发里了。”

“现在不是讲究的时候。”她平心静气地回答我。

“夫人，你太通情达理了！”我大声说，“现在请鼓足勇气，相信埃莫斯。记住我们的信号：‘冲啊，干掉他们！’信号发出前，千万不要轻举妄动。别担心，一切都会妥妥当当的！”

“埃莫斯先生，为你祝福！”她勇敢地对我说，“自由和正义同在我们心间。”

黄昏时分，帕西镇的田鼠也早早地前来向我汇报。他们可真是一支杂牌军，拿着镰刀、棍棒等简陋武器。我当然已经尽可能训练他们了，但是他们军心涣散，我依旧对他们缺乏信

心。我再三向他们强调，要绝对服从命令并绝对保持安静。

本沉浸在自己的一身新衣服中。这样也好，我正好可以乘其不备，将我指挥的那帮傻头傻脑的杂牌军全都领进了他的皮帽子里。其实，他处在这种激动不已的状态下，就算一群蜜蜂飞进他的皮帽子里，他也不一定能注意到。

现在，一共有十二只老鼠钻进了本的皮帽子里。我待在帽子前端窥视孔的地方，方便随时侦察外面的动静。其他的老鼠都被我秘密藏到本衣服上各式各样的口袋里了。一个聪明伶俐的小家伙，居然抓住本口袋中的怀表链子，远远看上去就像是个装饰物。

我们安全地向舞会所在地出发了，这时我才松了一口气。一切似乎进展顺利。实不相瞒，约翰·保罗·琼斯的舰队鼠兵还没有传来任何消息，但是我已经尽力而为。即便没能得到他们的相助，我们也要倾注全力来实现我们的计划。

凡尔赛宫里正纸醉金迷。宫殿内到处灯火通明，烟花漫天飞撒，管弦乐队演奏着舞曲。大厅里宾客如云，全部都是来祝贺美国取得的胜利——并表达对本的敬意。

王宫里灯火辉煌，人们的服饰雍容华贵，舞步优雅，一派富丽堂皇的景象。我们这些孤陋寡闻的凡夫俗子从未见过如此美好的场景，个个都叹为观止。对于这种状况，我立即严加制止。我们不能忘了今晚肩负的使命，信号发出前，不能有任何动静和闪失。

我们在觐见室的入口处稍作停留，大家立即就给本让出一条道来。趁此，我环顾四周。熙熙攘攘的人群之中，我看到了布瑞莲夫人。只见她头上高高耸立的假发在微微地颤抖，我明白那是索菲娅率领的鼠兵军团正藏身其中。这时，当我望向南边第三扇窗子的窗台，一眼就瞥到了红毛小弟头顶上那簇火红的头发。毫无疑问，他和他的暴动鼠兵军团也已按部就班。

毋庸置疑，本是这次舞会中的聚焦点。当我们在大厅中慢腾腾地前行时，每个人都对他行注目礼。

当我们靠近国王和王后华美高贵的宝座时，我轻轻推了一下我们田鼠军团的小头头。“做好准备！”我悄声指挥道。此刻，本停下来向国王和王后鞠躬致敬，我能感觉到他情不自禁地在颤抖。

在这紧要关头，我探身到窥探孔上，然后声嘶力竭地喊出我们事先约定好的信号：“冲啊，干掉他们！”

说时迟，那时快，本浑身上下刹那间变戏法似的布满了耗子。

我们田鼠大军的弟兄们从他的口袋里、帽子里、马甲里，瞬间涌了出来。按照之前我对他们的部署，他们在本的脚前迅速列队，然后立即向着王后的宝座方向直冲过去。

这下子，全场大乱。王后和她的二十七名随从被吓得晕了过去。国王也被吓得面色惨白，直打哆嗦，从宝座上颤颤巍巍地爬起来后，撒腿向着窗户方向跑去，却刚好迎面碰上红毛小弟以及他率领的贫民鼠与下水道鼠。此刻，鼠兵军团正叫嚣着，义无反顾地奋勇向前呢！国王立马也被吓得昏倒在地，还被慌不择路、抱头乱窜的宫廷贵妇们踩得遍体鳞伤。

王宫的白鼠卫士们，虽然开始也被这出其不意的突然袭击给吓蒙了，但是他们很快重整旗鼓，将我们这帮首次参战的杂牌军给击退了。不过现在，我们强有力的瑞典鼠和俄罗斯鼠也

加入到了战斗中来。在王后的脚脖子周围，他们正激烈地英勇奋战。哎呀，红毛小弟率领的这帮穷困潦倒的鼠兵真是一盘散沙，简直有负红毛小弟对他们的栽培。你看，当他们一看到紧挨着的房间里，满是散落的丰盛茶点，他们的革命热情就荡然无存，取而代之的是放下武器，不顾一切地扑向美食。

此刻，红毛小弟既愤怒又失望。他仰天长啸，单枪匹马地冲进战场和敌人奋力厮杀起来。哪里的战斗最紧张和激烈，哪里就有红毛小弟的身影。

没想到帕西镇的田鼠，最终也没能禁得住美味茶点的诱惑，一个接一个地从激烈的战场中退了下来，加入到消灭点心的大军。瑞典鼠和俄罗斯鼠，在无私无畏的红毛小弟的带领下，依旧在英勇顽强地战斗。但是，情况很不妙。因为王宫的每条走廊里，白鼠卫士们正蜂拥而来。敌方的兵力在不断增强，而我们却在节节后退。我们眼睁睁地看着囚禁索菲娅孩子的小牢笼，即王后的宝座，离我们越来越远。

就在这混乱的激战中，我突然清楚地听到一阵清晰的细细笛音。

难道会是他们吗？是的，的确就是他们！烈日炎炎的夏日里，空中飘来了横笛那高亢悠扬的曲调。听那曲调，吹奏的正是扬基歌的旋律。

穿过觐见室的窗子，他们成群结队地簇拥而来——是约翰·保罗·琼斯的海军鼠兵！五十个英勇善战的美国鼠兵！法国佬们，我们来了！

他们舞动着手中明晃晃的弯刀和棍棒，勇敢地冲进了敌群。这些白鼠卫士，就像风中翻飞的雪花一样，四处逃窜。不一会儿，小牢房被攻占了，砸开牢门，索菲娅的孩子们被救了出来，他们终于重见光明，获得了自由！

一位头发花白的老水手用手捋了捋他额前的头发。

“约翰船长让我转达他对你的问候，”老水手对我说，“你还有什么要吩咐的吗？”

正说着，红毛小弟过来了，他眼光闪烁，浑身上下都是汗水和血水，往下滴滴答答地滑落。

“吩咐？”他喊道，“你说吩咐？是的，这是上帝的吩咐！”他指向茶点房间，“这帮乌合之众！这些渣滓！干掉他们！”

“是，是，先生。”老水手说。于是一阵刀光剑影，直杀得那些逃兵片甲不留。

“茶点都是你们的了，勇士们！”红毛小弟说，“别客气，请自便。”

然后，他对我说：“埃莫斯，现在我已经完成我的任务了。”说完便一个踉跄一头栽倒在地。

布瑞莲夫人也晕倒了，不过她是出于对王后的礼貌假装晕过去的，还将高耸的假发也摔了个稀里哗啦。我们从假发残骸中解救出索菲娅。看到她和她的七个孩子终于重逢，我打心底为她感到高兴。

可怜的本！此刻，他正孤单地站在一大片空地中间，看上去有些魂不守舍。身旁的每个人都挤成一团，都想尽量远离他，就好像是在躲避瘟疫一样。国王现在也清醒过来了，正在和将军们商议着什么，将军们都恶狠狠地看着本。我开始有些担心起本的安危来。

在索菲娅的协助下，我设法将昏迷状态的红毛小弟拖进了本的那顶皮帽子里。然后，索菲娅和她的孩子们也都爬进帽子里来了。

“本，”我向本提议，“难道你不觉得我们现在回家最合适吗？看起来你似乎已经不再像从前那样大受欢迎了。”

我们从后门离开了王宫。所有在场的人，依旧是在极力地避开我们。当我们走过茶点房间，那些美国鼠正在庆贺取得的胜利。索菲娅和她的孩子们则喜笑颜开地向救助他们的海军勇士们频频挥手。头发花白的老水手还带领船员们连饮三杯并热烈欢呼。当我们离开王宫时，“美国舰队万岁！美国船长万岁！”这样的欢呼声依旧不绝于耳。

“本，法国佬喜怒无常，”我说，“这一刻他们还把你当作英雄一样捧上天，下一刻就可能把你抛弃如唯恐避之不及的瘟疫。我们什么时候起航回家？”

他好像还没有回过神来。

“我不知道，埃莫斯，”他犹豫不决地回答，“我想还是你拿主意，你说什么时候回去就什么时候回！”

14
回　家

回家的航程，对我来说是再愉快不过的事了，因为有和蔼可亲的索菲娅以及她可爱迷人的孩子一路结伴而行。

不过，本依旧显得相当的灰心丧气。在那次重大的战役打响之后的第二天，他就去过凡尔赛宫了，王宫里的人都对他冷若冰霜。宫廷护卫对他相当傲慢无礼，说他是“浑身上下都钻出耗子的人”。所有他以前交往的那些贵族妇女和伯爵夫人，看见他也都变得形同陌路。

“但是，本，”我提醒道，“你没意识到我们的祖国——美国，她的民众正热切地等待着你这个大英雄凯旋吗？”

“埃莫斯，你真的这么认为吗？”他问道，开始面露喜色、转忧为喜，“我——我们——会变成英雄吗？”

“当然啦，我们是英雄，”我说，“难道不是我们为整个独立战争筹集了一大笔资金吗？说不定连华盛顿将军都极有可能在码头亲自迎接我们回国呢！还会有乐队和游行欢庆活动——”

“也许你说得对，埃莫斯，”他说着，整个人又开始开心起来，“埃莫斯，你说到时是不是还会有烟花？”

欢迎仪式的场面美不胜收，和本设想的简直一模一样。我们的船抵达码头时，礼炮声声、烟花烂漫，国会代表团成员也大驾光临亲自来码头迎接我们，还带来了华盛顿将军的亲切问候。市长大人、市政委员会委员以及第一志愿消防队的成员，也全都穿上了他们最好的制服盛装出席。为了迎接本的凯旋，整个欢迎仪式隆重而热烈——有漂亮的花车在巡游，有人致欢迎辞，有乐队奏响欢快的旋律，还有游行队列夹道欢迎。

本理所当然地坐在第一辆四轮马车里，满脸洋溢着自豪和骄傲。和平常一样，他依然戴着那顶旧皮帽，虽然现在已经更加的破旧不堪，上面还破了很多小洞。不过，正因如此，索菲娅、我，还有她的七个孩子，可以透过这些小洞欣赏外面的一切。第一次看到美利坚这个新的国度，索菲娅和她的孩子们都沉浸在无比兴奋之中。索菲娅依旧保持着平日里的涵养，但她粉红色的美丽眼睛里闪烁着喜悦的光芒，她正期盼着与丈夫的再次团聚呢！

在本住的房子里，索菲娅的丈夫正等待着我们的到来。我见到他的第一眼，就让我坚信在这个温馨可爱的家庭中，他是索菲娅的模范丈夫，也是孩子们称职的父亲。

久别重逢让他们一家人惊喜万分。此刻，我悄然离去。我陪着本一起去参加一个大型的宴会，那是市政委员会为表达对本的敬意特地举办的。

宴会上，本的演讲没完没了。我躺在帽子里，则回忆过去几年所发生的一切。我已经履行了华盛顿将军赋予的使命，为战争的胜利和殖民的自由也作出了贡献。我还兑现了对索菲娅许下的诺言，成功解救了她的孩子们，他们一家人才得以重新团圆。而本呢，现在也变得成熟老练起来，不会再惹什么麻烦事了！我想："我终于能松口气，可以安安静静地度过晚年了。"

"唉，我变老了吧，这样无聊的宴会竟然我也忍受得了了。"我昏昏欲睡地想着。而本呢，此刻还在漫无边际地发表着演说，他正在描述他在法国取得的辉煌战绩。

接下来，我就睡着了。

我们肯定都老啦！我发现自己越来越喜欢安静地待在家中，

享受和索菲娅的孩子们相伴的美好时光。孩子们的老爸，在新世界里已发家致富。他在离本居所不远的一所房子里，安置了一个舒适的家，他们现在是幸福快乐的一家人。

从法国来到这里，索菲娅夫妇依旧保留着很多法国的宫廷习俗，还尤其喜爱整夜跳舞。很多保守的费城老鼠都认为这样有些不务正业，但是那欢快的氛围、轻快活泼的方式，深受年轻鼠辈们的喜爱。而上了年纪的老鼠，后来也很快为索菲娅的迷人魅力和她老公的聪明才智所倾倒。没过多久，他们家就成为全费城中最交口称赞的一个老鼠家庭了。

我自己的弟弟和妹妹们也在这个世界中成长起来了。他们中年长些的，大多都已经成家立业了。其中有几个弟弟妹妹家还和我们是邻居，他们诚实经商，成功富有。我弟弟和妹妹们平常的生活相当枯燥乏味，但索菲娅一家的到来，给他们的生活带来了乐趣。他们还成为索菲娅家庭聚会的座上宾。

希诺芬、约瑟贝尔和珍纳斯，是我三个年龄最小的弟妹，他们的年龄和索菲娅的三个年龄最大的孩子年纪相仿，因此他们常常结伴玩耍。当他们六位青梅竹马的儿时玩伴，结为三对幸福的伴侣，一同步入婚姻殿堂时，我觉得这是我一生中最最幸福快乐的时光。

15
生日快乐

我喜欢待在家里，这一点儿也不足为奇。因为能和这些活蹦乱跳的小家伙们朝夕共处，其乐无穷。这可比陪着本好玩多了，也不用去参加没完没了的宴会和委员会会议。现在战争已经结束啦，这些会议没啥重要的事可以争长论短，也就变得索然无味。就是有要去争论的事，也大多无关紧要，本也无须让我献计献策了。因此，这些宴会啊、委员会会议啊，我去参加了，也基本上都是在打瞌睡。我猜本去参加，也通常和我一样。

实际上，我对这些宴会和会议早已不胜其烦，我一直犹豫着没和本提及，是因为顾及他内心的感受，我不想伤了他的心。不过，在他八十一岁生日即将来临之际，我倒是觉得，这将是一个契机。

我发现，本现在有时候戴上他那顶破旧的皮帽子时，已经显得有些羞羞答答了，因为确实，皮帽子看上去已经相当破烂了。于是，就在他生日前几天，我跑遍了整个费城，总算挑到了一顶上好的海狸皮帽。帽子精美绝伦，是浅白色的，还是法国最新款，也是本戴上刚刚好的尺码。实不相瞒，它可是花了我好些个银两才买到的。事实上，为此我还特地串亲访友，到我的几个鼠弟弟克劳迪、丹尼尔和伊法瑞姆家请求援助，他们都乐于鼎力相助，出钱资助我给本买礼物。

我将本的生日告诉了我的家人以及索菲娅一家，他们也欣喜雀跃，因为本助人为乐，为大家做的已太多太多，之前大伙也一直没有找到机会表达对他的感激呢，现在，这个机会终于来啦！于是，大家都兴冲冲地做起准备来。

在本生日的前夜，我们都聚到他书房的书后面。一大群鼠辈哦，还真有些拥挤不堪。不仅我所有弟妹，从芭丝谢芭到珍纳斯，带着各自的丈夫、妻子和孩子全来了，还有索菲娅一家也来参加本的生日派对。我的父母也全都到场，他们虽已年逾花甲，但身体硬朗，精神矍铄。所有鼠辈都有备而来，为本事先准备好了礼物。现在，大家都心情激动地等待着本的到来。

午夜的钟声即将敲响，本望着自己的作品，欣慰地点着头。这时，我们井然有序、前呼后拥地走到他身边，鼠宝宝们快乐地引吭高歌，异口同声地唱起“祝你生日快乐”的生日歌。

本始料未及，惊喜交加。不过，他很快缓过神来，随即被我们的热情深深地感染和打动了。

大家纷纷拿出礼物送给本。

我的老妈给本准备的礼物是一只漂亮的针织保暖耳罩。她解释道，因为时间原因，现在只织好了一只，不过寒冬到来前，另一只配套的耳罩也将全部织完。我的老爸为本准备的是一个精致的怀表小饰物，是用黑胡桃木精雕细刻而成的。索菲娅准备的礼物是一块精美雅致的手工刺绣品，而她的老公为本准备的，则是一点儿十分罕见的白兰地，这可是他大老远从法国带来的。接过白兰地，本举杯向我们所有的老鼠致意，然后将白兰地一饮而尽。

当其他鼠友一一给本展示自己准备的精美礼物时，我和我十二三个最身强力壮的鼠弟弟们，悄然无声地溜出了房间。

当最后一个小家伙向本说完祝福的话并屈膝行礼之后，我们一行十来个鼠兄弟们，一起费力地抬着我那顶精美绝伦的帽子，摇摇摆摆地走进房间。

这下，本可真是欣喜若狂！那些国外的大人物送给他的礼物和荣誉，可是数不胜数啊，但在他眼中，那些好像都算不得什么，这顶帽子才是他最喜欢的。

本在镜子前戴上这顶新帽子，嗨，大小刚刚合适呢！而且看上去还真不赖啊！那晚本一直都戴着这顶帽子。那些小家伙们还爬到他的帽子上，将宽宽的帽檐当成跑道，相互追逐玩耍起来，直把本逗得开怀大笑。

上了年纪的老鼠们，在那里一边嚼着薄脆饼干和香喷喷的奶酪，一边畅饮着麦芽酒。而年轻的鼠友们，则更偏爱大麦糖。接着，大伙载歌载舞起来。索菲娅雍容优雅地跳起小步舞来，她风姿绰约，眼睛闪着光芒。我甚至也尝试跳了几步，感觉还相当不错。我弟弟丹尼尔的大女儿很有才华，给大家背诵了几首诗歌。

最激动人心的是索菲娅和她丈夫的二重唱，将生日派对现场的气氛推向了高潮。他们合唱的歌词，是本写的一首诗。为了庆贺本的生日，索菲娅特别为这首诗谱了曲。当他们一遍遍地吟唱着本的诗句，本的心都要被融化了。我也打心底特别喜欢这首歌。

当欢快的生日派对结束，大家都离开后，我发现本有些忧郁起来。

最后他忧心忡忡地对我说："埃莫斯，你看这顶帽子，精妙绝伦。但美中不足的是，里面好像没有地方能让你住进去。如果没有你，我的日子该怎么过呢？"

我拍拍他的肩膀语重心长地安慰道："本，你也看到了，这些年轻的鼠辈少不更事，都需要我的指导。我会一直住在挂在你床头的那顶旧皮帽子里的，如果你真的需要帮助，随时都可以来找我。但是今天，你已经八十一岁了，我想你已经足够成熟老练，自己能独自应对很多事了。”

“你总是言之有理，埃莫斯，”本说，“明天，我将走出家门，在这座古老的城市展示一下，什么样的帽子才称得上是一顶真正的帽子！”

“这很好哇！”我说着，就又蜷缩进旧皮帽子里，现在它已经完全属于我一个人了，“但是，本，你自己一定要多留神，当心地上那些泥坑啊！”

本杰明·富兰克林生平

正如埃莫斯所说，本·富兰克林是家喻户晓的科学家、发明家、出版家、编辑、作家、军人、政治家和哲学家。在这里，我们列出了他的生平大事记。在《本和我》这本书里，你都读到过哪些呢？

1706年，1月17日出生于美国马萨诸塞州的波士顿。

1718年，开始在他兄长詹姆斯的印刷店当学徒工。

1723年，搬到美国宾夕法尼亚州的费城。

1724年，旅居英国伦敦，开办了自己的印刷厂。

1728年，在美国费城开办了自己的印刷厂。

1729年，购买报社并出版发行《宾夕法尼亚报》。

1730年，和黛博拉·里德·罗杰斯结婚（1774年去世），跟她育有三名子女。

1732年，出版了《穷理查历书》第一版，这本小册子在接下来的25年中持续再版印刷。

1737年，担任美国费城邮政局长。

1741年，发明富兰克林炉。

1743年，提议成立一家学术研究所，即美国宾夕法尼亚大学的前身。

1751年，他的著作《电的实验和观察》在英国伦敦出版发行。

1752年，进行了著名的风筝实验。

1757—1762年，作为宾夕法尼亚州议会代表，派驻英国伦敦。

1762年，发明了玻璃琴。

1764—1767年，旅居英国伦敦和法国。

1769年，当选为哲学社团主席。

1776年，签署《独立宣言》；主持宾夕法尼亚制宪会议；作为美国特使出使法国。

1783—1784年，发明了双重焦点眼镜。

1787年，出席美国制宪会议，签署美国宪法。

1789年，当选为宾夕法尼亚废除奴隶制促进会主席。

1790年，4月17日于费城去世，享年84岁。

智慧格言

《穷理查历书》是一本畅销小册子，在1732年到1758年期间，每年都持续再版印刷。作者是理查德·桑德斯（本·富兰克林的笔名）。这本历书广受欢迎，还被翻译成了法语和意大利语，并在英国伦敦多次再版印刷。最初，历书的内容包含年历、家庭小贴士、天气预报和谜语——正如富兰克林给埃莫斯做的介绍——“格言、谚语、俗语、人生智慧和其他内容”。今天，《穷理查历书》被广为流传的是这些只言片语的常识和智慧结晶。

以下列出了在《本和我》这本书里出现的格言，都是《穷理查历书》中的内容。你能在本书中找到这些格言吗？

早睡早起身体好，聪明又富有。

戴手套的猫咪逮不着耗子。

欲速则不达。

借债是不幸的开始。

愚者设筵，智者赴宴。

这些说法也源自《穷理查历书》。你如何将它们应用到实际生活中？

吃得过饱，傻头傻脑。

半真半假，弥天大谎。

饥不择食。

滴水穿石。

时不再来。

一颗老鼠屎坏了一锅粥。

说得好不如做得好。

North America
BOSTON
PHILADELPHIA
BEN FRANKLIN'S
Travels

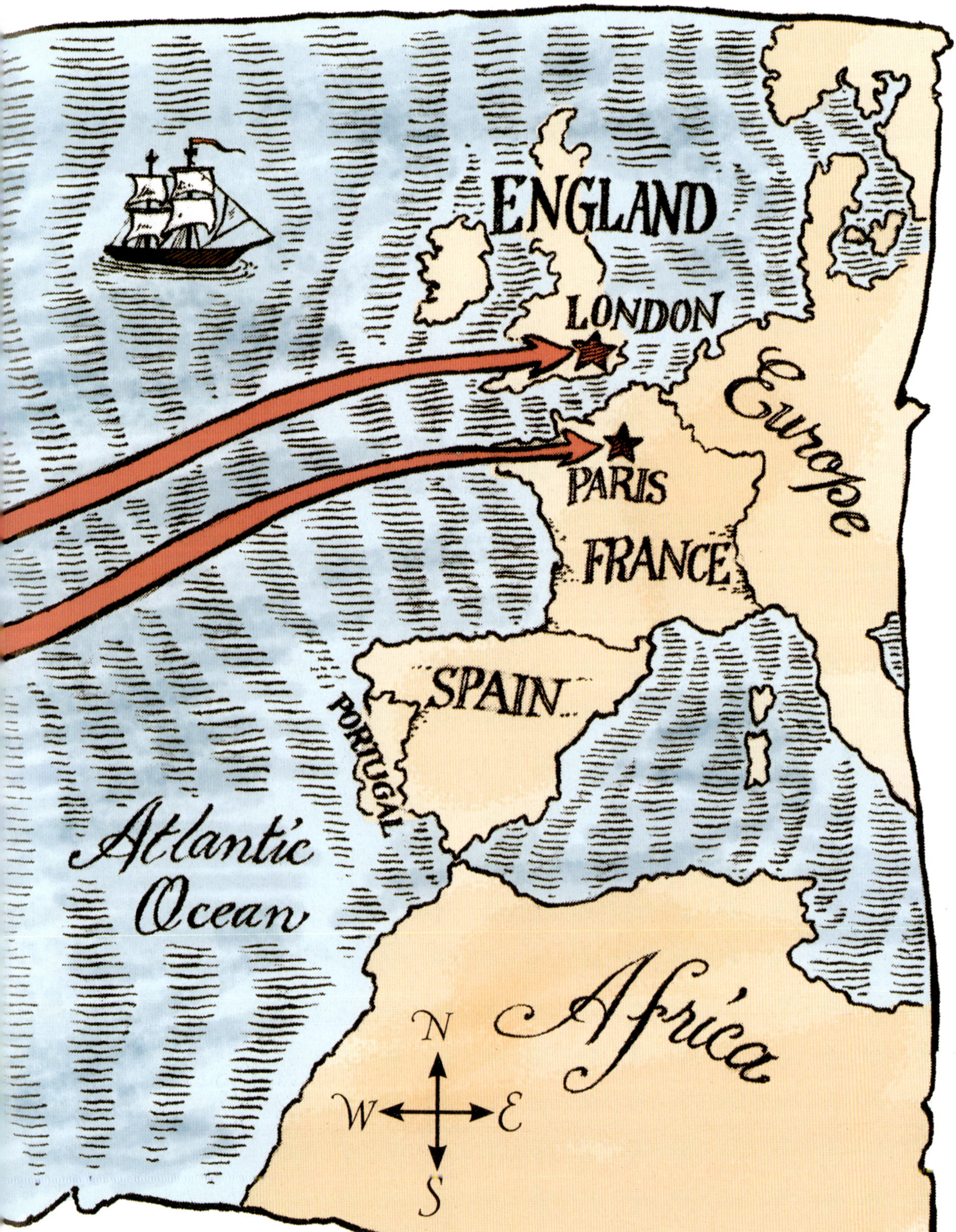

ENGLAND
LONDON
Europe
PARIS
FRANCE
SPAIN
PORTUGAL
Atlantic Ocean
Africa
N
W
E
S